✽把你快要遺忘的「情」獻給你

總是無法忘卻

尉天驄・章成崧・尤石川・劉柏宏◎編選・散文

〈代序〉
推動一場文學的閱讀運動

鄭愁予・白先勇・黃春明・楚　戈・尉天驄

我們覺得應該推動一場文學的閱讀運動，已經有一陣時日了。事情的起因是這樣的：由於軟體革命所帶來的新思維，以及隨著這新思維而來的生活模式，再加上消費文明所帶來的享樂至上的人生態度，一股只求眼前效果，不願深度思考的「反智」風氣漸漸瀰漫開來，於是由於擔心人文精神的失落而憂心於「文學和藝術要走上死亡之路」。但是，我們卻認爲：文學和藝術是不會死亡的，除非人死掉了。

說到「人死掉了」，當然是指人的精神生命，也就是通常所說的「靈魂」。這正是近一個世紀以來有識之士所共同思考的問題。俄國藝術家康丁斯基說過：近代以來，世界瀰漫了濃厚的物質主義氣息，在此一情況的作用下，極端的功利企圖控制著人的作爲，除了權勢和名利，人與世間的一切都隔離了，於是人的生機被閹割了，人的創造力被淹沒了，於是他的生命便淪陷於宿命論的漩渦中，失卻了向上提升、向更大「可能」擴充的能力，於是只好沉迷於膚淺的感官追逐中。

康丁斯基這類的憂心，正是古今中外所有有識之士所共有的。我國古人常用「痲木不仁」這句話來形容某些人的生活態度；一個人如果對於世間的一切缺乏感動的能力，見悲不悲，見喜不喜，見災禍不關心，見欺騙、殺戮不憤慨，這就是痲木，痲木久了，必然在生活中只求滿足個人感官的享受，而不及其他，甚至利用社會的不幸「作秀」，換取個人的利益。既然如此，便既不能有所作爲，也不能有所不爲，這就到了無恥的地步。無恥就是不仁。所以，由痲木至於不仁，下一步必是人的毀滅。

因此，說文學和藝術要走向死亡了，其重點便在於這種危機的呈現。

我們相信人是能化解危機的，我們也認爲「衣食足而知禮義」，有著它的道理存在。其關鍵點在於如何彰顯人的善良純眞的本能。而文學和藝術最大的功能便是「喚醒」和「啓發」。所以我們的物質建設愈發達，我們也愈需要好的文學和藝術的教育來與之配合，而展開文學和藝術方面的閱讀，便是一項最基礎和最重要的工作。

〈出版序〉

把你快要遺忘的「情」給你

張之傑

廁身出版界，自然關心出版情報。去年（民九十二年）春於某一集會獲悉，日本某出版社善於整理資料，出書量雖少，卻本本精彩，他們的標語是「把重要但快要遺忘的東西給你」。

哪些是重要但快要遺忘的東西呢？我不期然地想起學生時代讀過的一些文章，在這文學日趨商業化的年代，那些雋永的文章格外令人懷念。如果把一些經得起考驗的文章收集起來，用新穎的手法編輯成冊，非但可作爲文學讀本，對於世道人心也有幫助，我把這個想法寫在記事簿上，希望有一天能夠成爲事實。

去年秋，因企劃一個書系，拜訪尉天驄教授，我們相識近三十年，是老朋友了。談完正事，開始閒聊，我陡然想起那家日本出版社，就說出文學讀本的想法，尉教授興奮地一拍桌子，大聲地說：「這是我多年想做的事啊！」

談起文學，尉教授的話匣子就打開了，他對台灣的社會感到憂心，他說問題在於人們普遍失去愛心，人性的眞純被物化了，作家不再追求永恆的價值，只求流行和時髦，「這樣的東西有意義嗎？」尉教授發出深沉的喟嘆。

於是尉教授開始編選文學讀本。尉教授抱著淑世、救世的態度看待此事，他編選的文學讀本共三冊，散文、小說、新詩各一冊，主題總離不開家國之情、親情、愛情、友情或人與動物之情。在眾多主題中，尉教授獨沾一個「情」字，正是這三本集子的微言大義所在。

尉教授常說，當人們只知分別你我，不知關懷他人的時候，社會就會變得冷酷無情，對治之道，莫若以文學喚起人們的良知。然而，在文學日趨商業化的大潮下，感人的文學作品難得一見，尉教授的選本就格外不尋常了。

坊間不是沒有文學讀本——散文、小說、新詩都有，但不是雜亂無章，就是迎合流俗，或編選者眼識不足，能夠抱持崇高的理想，統整出一個社會亟需的概念，在實踐上又能一以貫之的可說絕無僅有。尉教授選本無可取代之處在此，其永恆價值在此。

尉教授專攻現代文學，對五四以來的文學發展，台灣學者沒人比他更為熟稔。他站的位置高，觀照面廣，八十多年來的白話文學佳作盡在其掌中。不過，要從眾多佳作中選出十幾篇以「情」為主題的散文和小說、幾十篇以「情」為主題的新詩，即使以尉教授的眼識，也不能不費盡斟酌。對於新詩，更要求平白易讀，對於時下新詩的夢囈語法，尉教授表示不能苟同。

尉教授說，直到現在，他讀起夏丏尊譯的〈少年筆耕〉，或冰心的〈悼王世瑛女士〉，仍會泫然淚下。但對其他人呢？尉教授找不同年齡、不同學歷的人試讀。一位高中國文老師說，他終於有了理想的課外教材；一名學生的母親讀完小說集一夜不能闔眼……尉教授來電說：「可交稿了。」

尉教授收選的作品以三〇年代和四〇年代的居多。上一代作家的白話文或許不如今人純熟，但他們國學根底深厚，自有一種今人所無法企及的厚重感。此外，當時外患內亂頻仍，社會變動劇烈，作家很難不受國家命運擺布。這是我們閱讀三〇、四〇年代作品應有的認識。當然，尉教授也沒忘記收選台灣作品和文革後的大陸作品。收選作品中最年輕的作家，就是台灣文學新秀——原住民作家夏曼·藍波安先生。

因爲時代和地域的關係，若干詞彙必須加注。以小說來說：魯迅的小說〈故鄉〉有個「猹」字，賴和的〈一桿稱仔〉有個「䁪」字，這些方言如不加注，一般人很難了解。再如沈從文的〈新與舊〉提到一些前清官職，張賢亮〈邢老漢和狗的故事〉提到不少中共術語，也必須加注才能明其究竟。這個工作由筆者代庖，如有任何錯失，由筆者負責，和尉教授無關。詩無達詁，新詩選就不加注了。

佛家唯識學有所謂「異熟」的說法，去年春那次集會播下文學讀本的種子，精研現代文學的尉天驄教授使它瓜熟蒂落。但願尉教授的這三本集子再次成爲種子，在廣大讀者中廣種福田，結出更多善果。我想，這正是尉教授由衷期盼的吧！

〈前言〉

說散文

尉天驄

散文這一種體裁，是一種讓人觀念模糊的文體。一般來說，它僅是一群字的組合，用來說明某些事物和情況，並用以保存那些資料。所以，它們可說是語言的符號紀錄。也就因爲如此，它們的存在，可以說是工具的意義勝過其它。我們日常所見的公文、檔案、新聞紀事、科學報告、政令宣示，太多都是如此。它們的意義是靠它要依賴著的事物才具有價值和意義的。也就因爲如此，有人便說，普天之下到處都是散文，散文本身沒有它獨自的、特殊的文學和藝術的氣質，因此，它就沒有獨自的存在價值。在大眾傳播愈來愈氾濫的趨勢下，散文在藝術的世界裡，便必然要日趨於沒落了。

我們的看法有所不同。既然世界時時刻刻都有很多活動，在這些活動中，即使是日常的瑣瑣碎碎，只要我們對之付出關懷，就必然會引發生命的躍動。這躍動或悲，或喜，或無奈，或激昂，……在在都是生命最眞實、最動人的顯現。其中，有對人間現實的反映，也有對理想的嚮往，它們既有現實的陳述，也有夢般的盼望。到了這一地步，這些記載、陳述、表白、控訴，也就一一有了它們單獨存在的價値。就這一點來說，散文這一體裁的寫作，也就跳出工具的意義，而有了它獨自的價値。它是人對於生命的眞實表白。正因爲如此，它的語法、它的委婉和緜延起伏，就像樂曲的音符、繪畫的線條、雕塑的結構那樣，或剛或柔，或長或短，或隱或現，或暗或明，……也一一帶給人一個生動的世界。散文是有兩種性質，一種是工具性的散文，一種是藝術性的散文。前者是功利性的，後者是心靈性的。到目前爲止，前者大多已被劃爲應用散文的範圍，後者則被提昇到美學的境界。

散文所以被提昇到美學的層次，主要便由於其中充滿著愛和關懷。沒有這些，任何被表達、言說出來的便都是冷冰冰的事物；甚至連人與人之間的種種也只有物的意義，無法讓人有所共鳴。

因此，作爲文學和藝術體質的散文，它的存在基礎必然是人與人、人與物、人與事間的相互關懷。「愛」使它們結合成活生生的有機體，溫煦地把世間的一切結合在一起。所以散文絕不是字與字間的雜湊，它是生命某一過程的完整呈現，字與字之間、段落與段落之間、內容與形式之間都有著血緣的倫理關係。從作者到讀者的相互融合和啓發，就宣告了一次生命的完成。

古人說：「讀〈出師表〉不哭是爲不忠，讀〈陳情表〉不哭是爲不孝，讀〈祭十二郎文〉不哭是爲不慈。」這些話固然說得有些誇張，也說得具有功利和道德的教條情味，但是在某些方面也眞實地宣示出散文在人們生命中存在的意義。也正因爲如此，經由散文的言說過程，世間的一草一木、人間的點點滴滴、生活中的瑣瑣碎碎，也都活生生地呈現了動人的景象，有了它們的意義。這種努力不僅是對事物的眞實體認，更是更深一層的心靈創造。這是散文眞正存在的價値。特別到了近代，由於個人意識的提高，這類散文的寫作，也就愈來愈具有這方面的人文的、藝術的意義。

也就因爲如此，經由散文這一層次的運作，人們對於身邊事物的觀察、認識、欣賞、啓發也就隨之細緻、深刻起來。經過這一過程的提煉，便會讓人在每件事物身上都體現到某種生命的景象和意義，使原來僅具單薄的物質意味的那些「物」，都有了精神，各自有了它們的意義和尊嚴，即使腐朽的事物亦能顯示各自的神奇。這是藝術的一大重要作用。否則，在這充滿物質文明、瀰漫消費氣息的時代，人們雖然時刻都接觸樣式繁多的物品，如果沒有與之好好對待，誠懇地對之作一認識和欣賞，必然在物品的享受中只有刺激，而無品味，於是漫長的人生便只有吃喝玩樂而沒有其它，久了不但一片虛無，更恐會淪爲痲木。去誠懇地生活，去誠懇地對待世間的一切事物，然後由受到啓發而有了深一層次的內省，這樣必然會把世間的一切都聯繫起來。

在這一過程中，由於散文這一層次的運作大都是經由每個人的眞實生活經驗，所以也就最容易啓發人的親和力，產生人與人、人與物、人與事的凝和。所以，當有人憂心於散文這一文體即將消失的時候，也正表明這是人們最需要散文的日子。

然而，何以我們產生散文缺乏的現象呢？這與我們這些年來的教育有關。這些年來，整個世界都朝著開發經濟的道路邁進，每一件事都帶有濃厚的功利主義的色彩。有一位學者說，東方社會的資本主義不發達，不能像西方社會那樣快速地走向現代化，是由於我們的民族缺乏計算的本領。

這話即使有理，也有它的問題存在。現代人太工於計算了，結果人生的目的便是要以在物質方面取得的多少作爲標準，當事事工於計算，人的心靈也就隨之產生質變。甚麼道德，甚麼尊重，甚麼審美，甚麼關懷，也就愈來愈被人看輕。到後來所有文字，也只有工具的意義，而不會再經由文字本身體會到更高的意義和情趣。在這種情況下，我們的教育變了，它的人文意義愈來愈向商業和政治低頭，於是文學的教育便只見物性不見人性。如果不相信，去誠懇地檢查一下我們的教科書就知道了。庸俗的教科書加上庸俗的大眾傳播，要我們的國民不走向庸俗，還有可能嗎？

更讓人驚訝的，這幾年來，一般青年竟然連朱自清的〈背影〉那一類新文學作品都到了一無所知的地步。五四被視爲古代，歷史與生命完全脫離了關係，我們的民族到底要走向何處呢？這才是我們教育的危機。這種危機如果不能解決，必然會帶來社會的危機。西方一些當代哲人就一再說：今天的人在濃厚的功利主義下，享受愈多，感官愈是痲木，見到悲苦之事不生同情、憐憫，見到輕薄、膚淺不感到惋惜，見到一片幽美的風景也不生喜悅；既不能眞正體會別人對他的愛，也不能坦率地付出自己的愛。功利主義帶來人與人的猜忌、鬥爭，這就隨之對人對事產生懷疑主義的態度，甚至連自己的親友也不敢抱持誠信的態度。爲了挽救這種人與人、人與物、人與事的倫理關懷，很多人便提了「恢復人們、特別是青年、兒童的感官良能。」社會上減少一份功利主義的氣息，人間就會憑添一份和諧。

我們希望大家多讀些好散文，多寫些好散文，經由每個人對世間事物的認識、了解而建立彼此的關懷。從這關懷出發，漸漸做到：見美好的事物而生內心的喜悅，見悲苦的現實而生出眞心的關懷，見到別人的奉獻而啓發衷心的敬佩，……誠懇地有所愛，有所恨，有所不滿，有所嚮往，人皆有「不忍人之心」一旦顯示爲人間的普遍現象，我們的個人和社會便會隨之有著欣欣向榮的景象。

所以，散文這一文學的活動，不僅是屬於文學的作業，更是人的精神的作業。它是人與人間、人與萬事萬物間的溝通的基本管道，經由它的溝通，世間的一切都可以相互地融爲一體，否則，人自人，物自物，我自我，你自你；物我的相隔必會引發出物我的隔離，並由此造成彼此的相互傷害。這樣發展下去，必造成整個世界的失落。

因此，我們希望經由散文這一文學的學習能夠展開人們心靈的感性活動，讓人與人、人與物、人與事間諸種溫情滋潤人文精神的復甦。

本書就是基於上述理念而編選的。在編排上，我們以作者的年齒排序，從中可以看出五四以來散文的流變和傳承，也可看出我們民族的遭際。文學往往比歷史更爲眞實。

反思我們民族何以苦難不斷，大概只有提昇人性關懷，才能自我救贖吧。

總是無法忘卻

目次

總是無法忘卻

目次

阿長與山海經

魯迅

長媽媽，已經說過，是一個一向帶領著我的女工，說得闊氣一點，就是我的保姆。我的母親和許多別的人都這樣稱呼她，似乎略帶些客氣的意思。只有祖母叫她阿長。我平時叫她「阿媽」，連「長」字也不帶；但到憎惡她的時候，——例如知道了謀死我那隱鼠（一種小型鼠，作者寵物）的卻是她的時候，就叫她阿長。

我們那裡沒有姓長的；她生得黃胖而矮，「長」也不是形容詞。又不是她的名字，記得她自己說過，她的名字是叫作什麼姑娘的。什麼姑娘，我現在已經忘卻了，總之不是長姑娘；也終於不知道她姓什麼。記得她也曾告訴過我這個名稱的來歷：先前的先前，我家有一個女工，身材生得很高大，這就是眞阿長。後來她回去了，我那什麼姑娘才來補她的缺，然而大家因爲叫慣了，沒有再改口，於是她從此也就成爲長媽媽了。

雖然背地裡說人長短不是好事情，但倘使要我說句眞心話，我可只得說：我實在不大佩服她。最討厭的是常喜歡切切察察，向人們低聲絮說些什麼事。還豎起第二個手指，在空中上下搖動，或者點著對手或自己的鼻尖。我的家裡一有些小風波，不知怎的我總疑心和這「切切察察」有些關係。又不許我走動，拔一株草，翻一塊石頭，就說我頑皮，要告訴我的母親去了。一到夏天，睡覺時她又伸開兩腳兩手，在床中間擺成一個「大」字，擠得我沒有餘地翻身，久睡在一角的席子上，又已經烤得那麼熱。推她呢，不動；叫她呢，也不聞。

「長媽媽生得那麼胖，一定很怕熱罷？晚上的睡相，怕不見得很好吧？……」母親聽到我多回訴苦之後，曾經這樣地問過她。我也知道這意思是要她多給我一些空席。她不開口。但到夜裡，我熱得醒來的時候，卻仍然看見滿床擺著一個「大」字，一條臂膊還擱在我的頸子上。我想，這實在是無法可想了。

但是她懂得許多規矩；這些規矩，也大概是我所不耐煩的。一年中最高興的時節，自然要數除夕了。辭歲之後，從長輩得到壓歲錢，紅紙包著，放在枕邊，只要過一宵，便可以隨意使用。睡在枕上，看著紅包，想到明天買來的小鼓、刀槍、泥人、糖菩薩……。然而她進來，又將一個福橘（福建產橘子）放在床頭了。

「哥兒，你牢牢記住！」她極其鄭重地說。「明天是正月初一，清早一睜開眼睛，第一句話就得對我說：『阿媽，恭喜恭喜！』記得麼？你要記著，這是一年的運氣的事情。不許說別的話！說過之後，還得吃一點福橘。」她又拿起那橘子來在我的眼前搖了兩搖，「那麼，一年到頭，順順流流……。」

夢裡也記得元旦的，第二天醒得特別早，一醒，就要坐起來。她卻立刻伸出臂膊，一把將我按住。我驚異地看她時，只見她惶急地看著我。

她又有所要求似的，搖著我的肩。我忽而記得了——

「阿媽，恭喜……。」

「恭喜恭喜！大家恭喜！眞聰明！恭喜恭喜！」她於是十分歡喜似的，笑將起來，同時將一點冰冷的東西，塞在我的嘴裡。我大吃一驚之後，也就忽而記得，這就是所謂福橘，元旦劈頭的磨難，總算已經受完，可以下床玩耍去了。

她教給我的道理還很多，例如說人死了，不該說死掉，必須說「老掉了」；死了人，生了孩子的屋子裡，不應該走進去；飯粒落在地上，必須揀起來，最好是吃下去；晒褲子用的竹竿底下，是萬不可鑽過去的……。此外，現在大抵忘卻了，只有元旦的古怪儀式記得最清楚。總之：都是些煩瑣之至，至今想起來還覺得非常麻煩的事情。

然而我有一時也對她發生過空前的敬意。她常常對我講「長毛」。她之所謂「長毛」者，不但洪秀全軍，似乎連後來一切土匪強盜都在內，但除卻革命黨，因為那時還沒有。她說得長毛非常可怕，他們的話就聽不懂。她說先前長毛進城的時候，我家全都逃到海邊去了，只留一個門房和年老的煮飯老媽子看家。後來長毛果然進門來了，那老媽子便叫他們「大王」，——據說對長毛就應該這樣叫，——訴說自己的飢餓。長毛笑道：「那麼，這東西就給你吃了罷！」將一個圓圓的東西擲了過來，還帶著一條小辮子，正是那門房的頭。煮飯老媽子從此就駭破了膽，後來一提起，還是立刻面如土色，自己輕輕地拍著胸脯道：「阿呀，駭死我了，駭死我了……。」

我那時似乎倒並不怕，因爲我覺得這些事和我毫不相干的，我不是一個門房。但她大概也即覺到了，說道：「像你似的小孩子，長毛也要擄的，擄去做小長毛。還有好看的姑娘，也要擄。」

「那麼，你是不要緊的。」我以爲她一定最安全了，既不做門房，又不是小孩子，也生得不好看，況且頸子上還有許多瘡疤。

「那裡的話?!」她嚴肅地說。「我們就沒有用處？我們也要被擄去。城外有兵來攻的時候，長毛就叫我們脫下褲子，一排一排地站在城牆上，外面的大炮就放不出來；再要放，就炸了！」

這實在是出於我意想之外的，不能不驚異。我一向只以爲她滿肚子是麻煩的禮節罷了，卻不料她還有這樣偉大的神力。從此對於她就有了特別的敬意，似乎實在深不可測；夜間的伸開手腳，佔領全床，那當然是情有可原的了，倒應該我退讓。

這種敬意，雖然也逐漸淡薄起來，但完全消失，大概是在知道她謀害了我的隱鼠之後。那時就極嚴重地詰問，而且當面叫她阿長。我想我又不眞做小長毛，不去攻城，也不放炮，更不怕炮炸，我懼憚她什麼呢！

但當我哀悼隱鼠，給它復仇的時候，一面又在渴慕著繪圖的《山海經》了。這渴慕是從一個遠房的叔祖惹起來的。他是一個胖胖的，和藹的老人，愛種一點花木，如珠蘭、茉莉之類，還有極其少見的，據說從北邊帶回去的馬纓花。他的太太卻正相反，什麼也莫名其妙，曾將晒衣服的竹竿擱在珠蘭的枝條上，枝折了，還要憤憤地咒罵道：「死屍！」這老人是個寂寞者，因爲無人可談，就很愛和孩子們往來，有時簡直稱我們爲「小友」。在我們聚族而居的宅子裡，只有他書多，而且特別。制藝和試帖詩，自然也是有的；但我卻只在他的書齋裡，看見過陸璣的《毛詩鳥獸草木蟲魚疏》，還有許多名目很生的書籍。我那時最愛看的是《花鏡》，上面有許多圖。他說給我聽，曾經有過一部繪圖的《山海經》，畫著人面的獸，九頭的蛇，三腳的鳥，生著翅膀的人，沒有頭而以兩乳當作眼睛的怪物，……可惜現在不知道放在那裡了。

我很願意看看這樣的圖畫，但不好意思力逼他去尋找，他是很疏懶的。問別人呢，誰也不肯眞實地回答我。壓歲錢還有幾百文，買罷，又沒有好機會。有書買的大街離我家遠得很，我一年中只能在正月間去玩一趟，那時候，兩家書店都緊緊地關著門。

玩的時候倒是沒有什麼的，但一坐下，我就記得繪圖的《山海經》。

大概是太過於念念不忘了，連阿長也來問《山海經》是怎麼一回事。這是我向來沒有和她說過的，我知道她並非學者，說了也無益；但既然來問，也就都對她說了。

過了十多天，或者一個月罷，我還記得，是她告假回家以後的四五天，她穿著新的藍布衫回來了，一見面，就將一包書遞給我，高興地說道：——

「哥兒，有畫兒的『三哼經』，我給你買來了！」

我似乎遇著了一個霹靂，全體都震悚起來；趕緊去接過來，打開紙包，是四本小小的書，略略一翻，人面的獸，九頭的蛇，……果然都在內。

這又使我發生新的敬意了，別人不肯做，或不能做的事，她卻能夠做成功。她確有偉大的神力。謀害隱鼠的怨恨，從此完全消滅了。

這四本書，乃是我最初得到，最爲心愛的寶書。

書的模樣，到現在還在眼前。可是從還在眼前的模樣來說，卻是一部刻印都十分粗拙的本子。紙張很黃；圖象也很壞，甚至於幾乎全用直線湊合，連動物的眼睛也都是長方形的。但那是我最爲心愛的寶書，看起來，確是人面的獸；九頭的蛇；一腳的牛；袋子似的帝江；沒有頭而「以乳爲目，以臍爲口」，還要「執干戚而舞」的刑天。

此後我就更其搜集繪圖的書，於是有了石印的《爾雅音圖》和《毛詩品物圖考》，又有了《點石齋叢畫》和《詩畫舫》。《山海經》也另買了一部石印的，每卷都有圖贊，綠色的畫，字是紅的，比那木刻的精緻得多了。這一部直到前年還在，是縮印的郝懿行疏。木刻的卻已經記不清是什麼時候失掉了。

我的保姆，長媽媽即阿長，辭了這人世，大概也有了三十年了罷。我終於不知道她的姓名，她的經歷；僅知道有一個過繼的兒子，她大約是青年守寡的孤孀。

仁厚黑暗的地母呵，願在你懷裡永安她的魂靈！

故事的背後

魯迅（一八八一～一九三六），原名周樹人，字豫才。浙江省紹興縣人。他是中國新文學第一位小說家，也是影響最大的作家。說他是第一位，指的是他第一個經由小說深刻地思考中國人的精神生活。他的《狂人日記》沉痛地揭出了中國文化中「禮教吃人」的主題。這主題不管是贊成還是反對，都成為中國走向現代化必須思考的問題。因此，他的小說幾乎都有著嚴肅的命題，激發出思想面的思考。特別是《阿Q正傳》，更成為一種代表典型。他重要的作品在小說集方面，有《吶喊》《彷徨》《故事新編》，散文方面有《野草》《朝花夕拾》，雜文方面有《三閒集》《仁心集》《且介亭雜文》等，學術著作有《中國小說史略》。他的著作影響很大，被人（特別是左派作家）奉為文壇領袖。討論他的書以李長之的《魯迅評傳》、鄭學稼的《魯迅正傳》最值得參考。

《阿長與山海經》，選自他的散文集《朝花夕拾》。這本書是他對自己的故鄉和青少年時代的回憶。這是他生命的起源，孕發出他以後的人生態度。長媽媽是他家的女僕，在他家協助管理日常事務，這是以往農村社會的普遍現象。在本篇中，我們從長媽媽身上感受到一種極為樸實的人與人間的關係，讓人產生溫暖的情懷。有人批評魯迅的作品太冷，但從本篇看來，這冷中其實蘊藏了濃厚的人性的火燄。

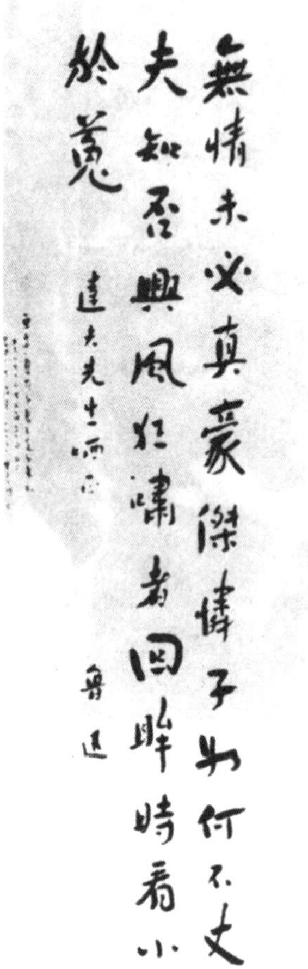
無情未必真豪傑憐子如何不丈
夫知否興風狂嘯者回眸時看小
於菟
達夫先生兩正
魯迅

魯迅贈郁達夫詩，一九三二年書。

為了忘卻的紀念

魯迅

一

我早已想寫一點文字，來紀念幾個青年的作家。這並非爲了別的，只因爲兩年以來，悲憤總時時來襲擊我的心，至今沒有停止，我很想藉此算是竦身一搖，將悲哀擺脫，給自己輕鬆一下，照直說，就是我倒要將他們忘卻了。

兩年前的此時，即一九三一年的二月七日夜或八日晨，是我們的五個青年作家同時遇害的時候。當時上海的報章都不敢載這件事，或者也許是不願，或不屑載這件事，只在「文藝新聞」上有一點隱約其辭的文章。那第十一期（五月二十五日）裡，有一篇林莽先生作的〈白莽印象記〉，中間說：

他做了好些詩，又譯過匈牙利詩人彼得斐的幾首詩，當時的「奔流」的編輯者魯迅接到了他的投稿，便來信要和他會面，但他卻是不願見名人的人，結果是魯迅自己跑來找他，竭力鼓勵他作文學的工作，但他終於不能坐在亭子間〔滬語，廉價出租閣樓〕裡寫，又去跑他的路了。不久，他又一次的被捕了。

……

這裡所說的我們的事情其實是不確的。白莽並沒有這麼高慢，他曾經到過我的寓所來，但也不是因爲我要求和他會面；我也沒有這麼高慢，對於一位素不相識的投稿者，會輕率的寫信去叫他。我們相見的原因很平常，那時他所投的是從德文譯出的《彼得斐傳》，我就發信去討原文，原文是載在詩集前面的，郵寄不便，他就親自送來了。看去是一個二十多歲的青年，面貌很端正，顏色是黑黑的，當時的談話我已經忘卻，只記得他自說姓徐，象山人；我問他爲什麼代你收信的女士是這麼一個怪名字（怎麼怪法，現在也忘卻了），他說她就喜歡起得這麼怪，羅曼蒂克，自己也有些和她不大對勁了。就只剩了這一點。

夜裡，我將譯文和原文粗粗的對了一遍，知道除幾處誤譯之外，還有一個故意的曲譯。他像是不喜歡「國民詩人」這個字的，都改成「民眾詩人」了。第二天又接到他一封來信，說很悔和我相見，他的話多，我的話少，又冷，好像受了一種威壓似的。我便寫一封回信去解釋，說初次相會，說話不多，也是人之常情，並且告訴他不應該由自己的愛憎，將原文改變。因爲他的原書留在我這裡了，就將我所藏的兩本集子送給他，問他可能再譯幾首詩，以供讀者的參看。他果然譯了幾首，自己拿來了，我們就談得比第一回多一些。這傳和詩，後來就都登在「奔流」第二卷第五本，即最末的一本裡。

我們第三次相見，我記得是在一個熱天。有人打門了，我去開門時，來的就是白莽，卻穿著一件厚棉袍，汗流滿面，彼此都不禁失笑。這時他才告訴我他是一個革命者，剛由被捕而釋出，衣服和書籍全被沒收了，連我送他的那兩本；身上的袍子是從朋友那裡借來的，沒有夾衫，而必須穿長衣，所以只好這麼出汗。我想，這大約就是林莽先生說的「又一次的被捕了」的那一次了。

我很欣幸他的得釋，就趕緊付給稿費，使他可以買一件夾衫，但一面又很爲我的那兩本書痛惜：落在捕房的手裡，眞是明珠投暗了。那兩本書，原是極平常的，一本散文，一本詩集，據德文譯者說，這是他搜集起來的，雖在匈牙利本國，也還沒有這麼完全的本子，然而印在《萊克朗氏萬有文庫》（Reclam's Universal-Bibliothek）中，倘在德國，就隨處可得，也値不到一元錢。不過在我是一種寶貝，因爲這是三十年前，正當我熱愛彼得斐的時候，特地託丸善書店從德國去買來的，那時還恐怕因爲書極便宜，店員不肯經手，開口時非常惴惴。後來大抵帶在身邊，只是情隨事遷，已沒有翻譯的意思了，這回便決計送給這也如我的那時一樣，熱愛彼得斐的詩的青年，算是給它尋得了一個好著落。所以還鄭重其事，託柔石親自送去的。誰料竟會落在「三道頭」〔滬語，原指印度巡捕，此指政府情治人員〕之類的手裡的呢，這豈不寃枉！

二

我的決不邀投稿者相見，其實也並不完全因爲謙虛，其中含著省事的分子也不少。由於歷來的經驗，我知道青年們，尤其是文學青年們，十之九是感覺很敏，自尊心也很旺盛的，一不小心，極容易得到誤解，所以倒是故意迴避的時候多。見面尚且怕，更不必說敢有託付了。但那時我在上海，也有一個唯一的不但敢於隨便談笑，而且還敢於託他辦點私事的人，那就是送書去給白莽的柔石。

我和柔石最初的相見，不知道是何時，在那裡。他彷彿說過，曾在北京聽過我的講義，那麼，當在八九年之前了。我也忘記了在上海怎麼來往起來，總之，他那時住在景雲里，離我的寓所不過四五家門面，不知怎麼一來，就來往起來了。大約最初的一回他就告訴我是姓趙，名平復。但他又曾談起他家鄉的豪紳的氣燄之盛，說是有一個紳士，以爲他的名字好，要給兒子用，叫他不要用這名字了。所以我疑心他的原名是「平福」，平穩而有福，才正中鄉紳的意，對於「復」字卻未必有這麼熱心。他的家鄉，是臺州的寧海，這只要一看他那臺州式的硬氣就知道，而且頗有點迂，有時會令我忽而想到方孝孺，覺得好像也有些這模樣的。

他躲在寓裡弄文學，也創作，也翻譯，我們往來了許多日，說得投合起來了，於是另外約定了幾個同意的青年，設立朝華社。目的是在介紹東歐和北歐的文學，輸入外國的版畫（魯迅爲中國現代木刻版畫倡導者），因爲我們都以爲應該來扶植一點剛健質樸的文藝。接著就印《朝花旬刊》，印《近代世界短篇小說集》，印《藝苑朝華》，算都在循著這條線，只有其中的一本《蕗谷虹兒畫選》，是爲了掃蕩上海灘上的「藝術家」，即戳穿葉靈鳳（名畫家、作家，魯迅常罵舊文人）這紙老虎而印的。

然而柔石自己沒有錢，他借了二百多塊錢來做印本。除買紙之外，大部分的稿子和雜務都是歸他做，如跑印刷局，製圖，校字之類。可是往往不如意，說起來皺著眉頭。看他舊作品，都很有悲觀的氣息，但實際上並不然，他相信人們是好的。我有時談到人會怎樣的騙人，怎樣的賣友，怎樣的吮血，他就前額亮晶晶的，驚疑地圓睜了近視的眼睛，抗議道：「會這樣的麼？——不至於此吧？……」

不過「朝花社」不久就倒閉了，我也不想說清其中的原因，總之是柔石的理想的頭，先碰了一個大釘子，力氣固然白花，此外還得去借一百塊錢來付紙帳。後來他對於我那「人心惟危」說的懷疑減少了，有時也歎息道，「眞會這樣的麼？……」但是，他仍然相信人們是好的。

他於是一面將自己所應得的朝花社的殘書送到明日書店和光華書局去，希望還能夠收回幾文錢，一面就拚命的譯書，準備還借款，這就是賣給商務印書館的《丹麥短篇小說集》和戈理基作的長篇小說《阿爾泰莫諾夫之事業》。但我想，這些譯稿，也許去年已被兵火燒掉了。

他的迂漸漸的改變起來，終於也敢和女性的同鄉或朋友一同去走路了，但那距離，卻至少總有三四尺的。這方法很不好，有時我在路上遇見他，只要在相距三四尺前後或左右有一個年輕漂亮的女人，我便會疑心就是他的朋友。但他和我一同走路的時候，可就走得近了，簡直是扶住我，因爲怕我被汽車或電車撞死；我這面也爲他近視而又要照顧別人擔心，大家都倉皇失措的愁一路，所以倘不是萬不得已，我是不大和他一同出去的，我實在看得他吃力，因而自己也吃力。無論從舊道德，從新道德，只要是損己利人的，他就挑選上，自己背起來。

他終於決定地改變了，有一回，曾經明白的告訴我，此後應該轉換作品的內容和形式。我說：這怕難罷，譬如使慣了刀的，這回要他耍棍，怎麼能行呢？他簡潔的答道：只要學起來！

他說的並不是空話，眞也在從新學起來了，其時他曾經帶了一個朋友來訪我，那就是馮鏗女士。談了一些天，我對於她終於很隔膜，我疑心她有點羅曼蒂克，急於事功；我又疑心柔石的近來要做大部的小說，是發源於她的主張的。但我又疑心我自己，也許是柔石的先前的斬釘截鐵的回答，正中了我那其實是偷懶的主張的傷疤，所以不自覺地遷怒到她身上去了。——我其實也並不比我所怕見的神經過敏而自尊的文學青年高明。

她的體質是弱的，也並不美麗。

三

直到左翼作家聯盟成立之後，我才知道我所認識的白莽，就是在《拓荒者》上做詩的殷夫。有一次大會時，我便帶了一本德譯的，一個美國的新聞記者所做的中國遊記去送他，這不過以為他可以由此練習德文，另外並無深意。然而他沒有來。我只得又託了柔石。

但不久，他們竟一同被捕，我的那一本書，又被沒收，落在「三道頭」之類的手裡了。

四

明日書店要出一種期刊，請柔石去做編輯，他答應了；書店還想印我的譯著，託他來問版稅辦法，我便將我和北新書局所訂的合同，抄了一份交給他，他向衣袋裡一塞，匆匆的走了。其時是一九三一年一月十六日的夜間，而不料這一去，竟就是我和他相見的末一回，竟就是我們的永訣。

第二天，他就在一個會場上被捕了，衣袋裡還藏著我那印書的合同，聽說官廳因此正在找尋我。印書的合同，是明明白白的，但我不願意到那些不明不白的地方去辯解。記得《說岳全傳》裡講過一個高僧，當追捕的差役剛到寺門之前，他就「坐化」了，還留下什麼「何立從東來，我向西方走」的偈子。這是奴隸所幻想的脫離苦海的惟一的好方法，「劍俠」盼不到，最自在的惟此而已。我不是高僧，沒有涅槃的自由，卻還有生之留戀，我於是就逃走。

這一夜，我燒掉了朋友們的舊信札，就和女人（作者妻子許廣平）抱著孩子走在一個客棧裡。不幾天，即聽到外面紛紛傳我被捕，或是被殺了，柔石的消息卻很少。有的說，他曾被巡捕帶到明日書店裡，問是否是編輯；有的說，他曾經被巡捕帶往北新書局去，問是否是柔石，手上上了銬，可見案情是重的。但怎樣的案情，卻誰也不明白。

他在囚繫中，我見過兩次他寫給同鄉的信，第一回是這樣的——

我與三十五位同犯（七個女的）於昨日到龍華。並於昨夜上了鐐，開政治犯從未上鐐之紀錄。此案累及太大，我一時恐難出獄，書店事望兄爲我代辦之。現亦好，且跟殷夫兄學德文，此事可告周先生；望周先生勿念，我等未受刑。捕房和公案局，幾次問周先生地址，但我哪裡知道。諸望勿念。祝好！

趙少雄　一月二十四日

以上正面。

洋鐵飯碗，要二三只

如不能見面，可將東西

望轉交趙少雄

以上背面。

他的心情並未改變，想學德文，更加努力；也仍在紀念我，像在馬路上行走時候一般。但他信裡有些話是錯誤的，政治犯而上鐐，並非從他們開始，但他向來看得官場還太高，以爲文明至今，到他們才開始了嚴酷。其實是不然的。果然，第二封信就很不同，措詞非常慘苦，且說馮女士的面目都浮腫了，可惜我沒有抄下這封信。其時傳說也更加紛繁，說他可以贖出的也有，說他已經解往南京的也有，毫無確信；而用函電來探問我的消息的也多起來，連母親在北京也急得生病了，我只得一一發信去更正，這樣的大約有二十天。

天氣愈冷了，我不知道柔石在那裡有被褥不？我們是有的。洋鐵碗可曾收到了沒有？……但忽然得到一個可靠的消息，說柔石和其它二十三人，已於二月七日夜或八日晨，在龍華警備司令部被槍斃了，他的身上中了十彈。

原來如此！……

在一個深夜裡，我站在客棧的院子中，周圍是堆著的破爛的什物；人們都睡覺了，連我的女人和孩子。我沉重的感到我失掉了很好的朋友，中國失掉了很好的青年，我在悲憤中沉靜下去了，然而積習卻從沉靜中抬起頭來，湊成了這樣的幾句：

慣於長夜過春時，挈婦將雛鬢有絲。夢裡依稀慈母淚，城頭變幻大王旗。
忍看朋輩成新鬼，怒向刀叢覓小詩。吟罷低眉無寫處，月光如水照緇衣。

但末二句，後來不確了，我終於將這寫給了一個日本的歌人。

可是在中國，那時是確無寫處的，禁錮得比罐頭還嚴密。我記得柔石在年底曾回故鄉，住了好些時，到上海後很受朋友的責備。他悲憤的對我說，他的母親雙眼已經失明了，要他多住幾天，他怎麼能夠就走呢？我知道這失明的母親的眷眷的心，柔石的拳拳的心。當「北斗」創刊時，我就想寫一點關於柔石的文章，然而不能夠，只得選了一幅珂勒惠支（Käthe Kollwitz）夫人的木刻，名曰〈犧牲〉，是一個母親悲哀地獻出她的兒子去的，算是只有我一個人心裡知道的柔石的紀念。

同時被難的四個青年文學家之中，李偉森我沒有會見過，胡也頻在上海也只見過一次面，談了幾句天。較熟的要算白莽，即殷夫了，他曾經和我通過信，投過稿，但現在尋起來，一無所得，想必是十七那夜統統燒掉了，那時我還沒有知道被捕的也有白莽。然而那本《彼得斐詩集》卻在的，翻了一遍，也沒有什麼，只在一首「Wahlspruch」（格言）的旁邊，有鋼筆寫的四行譯文道：

生命誠寶貴，
愛情價更高；
若爲自由故，
二者皆可拋！

又在第二頁上，寫著「徐培根」三個字，我疑心這是他的眞姓名。

五

前年的今日，我避在客棧裡，他們卻是走向刑場了；去年的今日，我在炮聲中逃在英租界，他們則早已埋在不知哪裡的地下了；今年的今日，我才坐在舊寓裡，人們都睡覺了，連我的女人和孩子。我又沉重的感到我失掉了很好的朋友，中國失掉了很好的青年，我在悲憤中沉靜下去了，不料積習又從沉靜中抬起頭來，寫下了以上那些字。

要寫下去，在中國的現在，還是沒有寫處的。年輕時讀向子期〈思舊賦〉，很怪他爲什麼只有寥寥的幾行，剛開頭卻又煞了尾。然而，現在我懂得了。

不是年輕的爲年老的寫紀念，而在這三十年中，卻使我目睹許多青年的血，層層淤積起來，將我埋得不能呼吸，我只能用這樣的筆墨，寫幾句文章，算是從泥土中挖一個小孔，自己延口殘喘，這是怎樣的世界呢？夜正長，路也正長，我不如忘卻，不說的好罷。但我知道，即使不是我，將來總會有記起他們，再說他們的時候的……

故事的背後

一九二七（民十六）年，國民黨清黨，國共兩黨的鬥爭到了白熱的階段。

魯迅像，顏仲作。魯迅對中國版畫影響甚大。

夾在政治鬥爭中，很多知識分子陷入其中，有的被屠殺，有的被關禁。一九三〇年，由中共主導成立「中國左翼作家聯盟」，推魯迅為領導人。魯迅和左翼作家自然成為執政者注意的對象，於是魯迅逃入上海租界，一些青年作家被捕並遭到殺戮，著名的有胡也頻、白莽、柔石等二十三人。

本文所記便是這次事件的經過，充滿了血淚。作者寫作此文，自稱為了「忘卻記憶」，其實是永遠忘卻不了的。我們閱讀此文，不持任何黨派和政治立場和觀點，最重要的讓人明瞭：政治鬥爭是罪惡的，真情是永遠的。

魯迅全家福，攝於一九三三年九月十三日。

《子愷漫畫》序

夏丏尊

新近因了某種因緣，和方外友弘一和尚（在家時姓李，字叔同）聚居了好幾日。和尚未出家時，曾是國內藝術界的先輩，披剃以後專心唸佛，見人也但勸唸佛，不消說，藝術上的話是不談起了的，可是我在這幾日的觀察中，卻深深地受到了藝術的刺激。

他這次從溫州來寧波，原預備到了南京再往安徽九華山去的。因爲江浙開戰，交通有阻，就在寧波暫止，掛搭於七塔寺。我得知就去望他。雲水堂中住著四、五十個遊方僧。鋪有兩層，是統艙式的。他住在下層，見了我笑容招呼，和我在廊下板凳上坐了，說：

「到寧波三日了，前兩日是住在某某旅館（小旅館）裡的。」

「那家旅館不十分清爽吧？」我說。

「很好！臭蟲也不多，不過兩三只。主人待我非常客氣呢！」

他又和我說了些在輪船統艙中茶房怎樣待他和善，在此地掛褡怎樣舒服等等的話。

我惘然了，繼而邀他明日同往白馬湖去小住幾日。他初說再看機會，及我堅請，他也就欣然答應。

行李很是簡單，鋪蓋竟是用破席子包的。到了白馬湖，在春社裡替他打掃了房間，他就自己打開鋪蓋，先把那破席子珍重地鋪在床上，攤開了被，把衣服捲了幾件作枕。再拿出黑而且破得不堪的毛巾走到湖邊洗面去。

「這手巾太破了，替你換一條好嗎？」我忍不住了。

「那裡！還好用的，和新的也差不多。」他把那破手巾珍重地張開來給我看，表示還不十分破舊。

他是過午不食的。第二日未到午，我送了飯和兩碗素菜去（他堅說只要一碗的，我勉強再加了一碗），在旁坐了陪他。碗裡所有的原只是些蘿蔔白菜之類，可是在他卻幾乎是要變色而作的盛饌，喜悅地把飯劃入口裡，鄭重地用筷夾起一塊蘿蔔來的那種了不得的神情，我見了幾乎要流下歡喜慚愧之淚了！

第二日，有另一位朋友送了四樣菜來齋他，我也同席。其中有一碗鹹得非常，我說：

「這太鹹了！」

「好的！鹹的也有鹹的滋味，也好的！」

我家和他寄寓的春社相隔有一段路。第三日，他說飯不必送去，可以自己來吃，且笑說乞食是出家人的本能。

「那麼逢天雨仍替你送去吧。」

「不要緊！天雨，我有木屐哩！」他說出木屐二字時，神情上竟儼然是一種了不得的法寶。我總還有些不安。他又說：

「每日走些路，也是一種很好的運動。」

我也就無法反對了。

在他，世間竟沒有不好的東西，一切都好，小旅館好，統艙好，掛褡好，破席子好，破舊的手巾好，白菜好，蘿蔔好，鹹苦的蔬菜好。跑路好，什麼都有味，什麼都了不得。

這是何等的風光啊！宗教上的話且不說，瑣屑的日常生活到此境界，不是所謂生活的藝術化了嗎？人家說他在受苦，我卻要說他是享樂。我常見他吃蘿蔔白菜時那種喜悅的光景，我想：蘿蔔白菜的全滋味、真滋味，怕要算他才能如實嘗到的了。對於一切事物，不爲因襲的成見所縛，都還他一個本來面目，如實觀照領略，這才是眞解脫，眞享樂。

藝術的生活原是觀照享樂的生活，在這一點上，藝術和宗教實有同一的歸趨。凡爲實例或成見所束縛，不能把日常生活咀嚼玩味的，都是與藝術無緣的人。眞的藝術，不限在詩裡，也不限在畫裡，到處都有，隨時可得。能把它捕捉了用文字表現的是詩人，用形及五彩表現的是畫家。不會做詩，不會作畫，也不要緊，只要對於日常生活有觀照玩味的能力，無論如何都能有權去享受藝術之神的恩寵。否則雖自號爲詩人畫家，仍是俗物。

與和尚數日相聚，深深地感到這點。自憐囫圇吞棗地過了大半生，平日吃飯著衣，何曾嘗到過眞的滋味！乘船坐車，看山行路，何曾領略到眞的情景！雖然願從今留意，但是去日苦多，又因自幼未曾經過好好的藝術教養，即使自己有這個心，何嘗有十分把握！言之憮然！

正憮然間，子愷來要我序他的漫畫集。記得子愷的畫這類畫，實由於我的慫恿。在這三年中，子愷著實畫了不少，集中所收的不過數十分之一。其中含有兩種性質，一是寫古詩詞名句的，一是寫日常生活的斷片的。古詩詞名句原是古人觀照的的結果，子愷不過再來用畫表出一次，至於寫日常生活斷片的部分，全是子愷自己觀照的表現。前者是翻譯，後者是創作了。畫的好歹且不說，子愷年少於我，對於生活有這樣的咀嚼玩味的能力，和我相較，不能不羨子愷是幸福者！

子愷爲和尚未出家時畫弟子，我序子愷畫集，恰因當前所感，並述及了和尚的近事，這是什麼不可思議的緣啊！南無阿彌陀佛！

故事的背後

夏丏尊（一八八六～一九四六），原名鑄，字勉旃。浙江上漢人。他一生的歲月大多服務於上海開明書局和任教於浙江上漢白馬湖之春暉中學，以教育為職志。他的作品充滿了淳厚與誠懇，每句話都發自肺腑。這篇〈子愷漫畫序〉是為他的學生豐子愷的漫畫集寫的序。

豐子愷繪弘一法師像，弘一曾教過豐子愷。

但全篇只寫弘一法師（李叔同）的生活態度，從不屈於物質的生活而達到心靈的舒適自在。弘一法師原也是藝術家，他是豐子愷的老師，也是夏丏尊的好友。這不是勸人為僧的作品，而是一篇不著痕跡的藝術論。其中不僅充滿對人的尊重，更流露著對物的尊重。尊重是啓迪人生的開始。夏先生散文的特色便是誠懇和樸實。

笑

許地山

我從遠地冒著雨回來。因爲我妻子心愛的一樣東西讓我找著了；我得帶回來給她。

一進門，小丫頭爲我收下雨具，老媽子也藉故出去了。我對妻子說：「相離好幾天，你悶得慌嗎？……呀，香得很！這是從那裡來的？」

「窗櫺下不是有一盆素蘭嗎？」

我回頭看，幾箭蘭花在一個汝鉢窰上開著。我說：「這盆花多會移進來底？這麼大雨天，還能開得那麼好，眞是難得啊！……可是我總不信那些花有如此的香氣。」

我們並肩坐在一張紫檀榻上。我還往下問：「良人，到底是蘭花的香，是你的香？」

「到底是蘭花的香，是你的香？讓我聞一聞。」她說時，親了我一下。小丫頭看見了，掩著嘴笑，翻身揭開簾子，要往外走。

「玉耀，玉耀，回來。」小丫頭不敢不回來，但，仍然抿著嘴笑。

「你笑什麼？」

「我沒有笑什麼。」

我爲她們排解說：「你明知道她笑什麼，又何必問她呢，饒了她吧。」

妻子對小丫頭說：「不許到外頭瞎說。去吧，到園裡給我摘些瑞香來。」

小丫頭抿著嘴出去了。

故事的背後

許地山先生（一八九三～一九四一），筆名落華生。為五四時代著名作家，對印度文化及佛學均有研究。他的散文集《空山靈雨》，是一部充滿靈性的作品集。許先生係臺灣臺南人，甲午之戰，臺灣割給日本，他的父親許南英不願做日本殖民地之人，乃率全家返回大陸。他在北京完成學業後曾在香港等地任教。他的散文清新樸實，這篇〈笑〉，以最簡鍊的文字，最含蓄的手法寫出夫婦間的深情，委婉而叔永。文中「的」字原為「底」字，為便利今人閱讀，編者已擅自更改。

哀思

陳西瀅

孫中山先生的靈柩從協和醫院移往中央公園的時候，我們雜在鵠立道旁的數萬人中瞻望。我聽了那沉雄的軍樂，看了那在微風中飄蕩著的白幡，和在幡下走著的無組織、無秩序，三三兩兩，男男女女，臂上繫著黑紗，胸前戴著一枝白紙花的千千萬萬的人們——大多數是少年人們——我已經覺得心中一陣酸痛，眼淚便湧到眼眶子裡了。

我想到我只見過孫先生兩面，也是在民眾對他表示他們的景仰的時候，不過那兩次是歡迎，這一次卻是哀悼了。

在民國沒有成立以前，孫先生在一般人的心目中是一個神話傳說裡的人物。就是民國已經成立，那時的神話傳說還並不減它們的勢力。我還記得有一個冬烘先生在民國元年找吳稚暉（國民黨元老，陳西瀅表叔）先生求事——並且要在孫先生的臨時政府裡求一事——他說，他早就知道孫先生是不凡的人物。有一年孫先生喬裝了一個施藥郎中牽了一隻黑狗到常熟，被人識穿了。知縣派了五百名大兵去捉拿他。他們把孫先生團團圍住了，孫先生不慌不忙，吹了一口氣，腳下便生了一朵白雲，騰空而起，一直飛到上海跑馬廳，才落下來。這是他親眼看見的。

那時我初進中學校，聽了這種話，還不懂得笑，只覺著生氣。可是我所知道的孫先生其實也模模糊糊的，只不過靠著些報紙上的照像和不大可靠的記載。此外吳先生那時有幾句話，在我心中留了很深的印象，使我覺到孫先生的偉大的人格。他說，革命黨得了志，他們的面目全變了。始終保持著本來面目，沒有染著一些官僚習氣的，只有寥寥的幾個人，尤其是孫中山先生。他又常說，孫先生的度量眞大，有許多曾經在患難時背棄他的，現在來了，他仍舊一視同仁的看待他們。

我第一次親眼看見孫先生，是在南京臨時政府取消，孫先生下野的時候。

我還記得一個下午特別到滬寧車站去，那時車站裡面已經人山人海，擁擠不堪，那時弱小無力的我再也沒有方法可以進門。我只好立在車站外的道旁人中等待著。在聽見了歡迎聲和軍樂聲的多少時以後，我便見幾輛汽車慢慢的從車站出來；爲首的一輛中，坐著一個穿著很整齊的西服的人，他的溫文端正的面容，光光的頭髮，八字鬚子，一望而知是孫中山先生。他舉起了高頂的絲帽，面上微微露著溫藹可親的笑容，可是不幾秒鐘便過去了。

我第二次看見孫先生便在第一次的後幾天。上海新舞臺特別演一晚戲，歡迎孫先生。那天樓上送人，樓下還是寶座。我那晚跟了吳先生，也坐在一個側面的包廂裡。我永遠不會忘記孫先生走進他的中間包廂的時候，樓上樓下的人都站了起來，戲臺後的演員，有的化妝已完，有的還沒有化妝，有的化妝方一半，也都出來立在舞臺上；他們首先舉起帽子，呼萬歲，樓上樓下的人都應和著，把我的眼淚都止抑不住的叫出來了。

我還記得那天演的是「波蘭亡國恨」。可是我的眼光大約在戲臺上的時候，還沒有在中座包廂的時候多罷。大約因爲覺察著我如此，所以吳先生忽然在我肩上拍了一拍，立起身來向孫先生的包廂走去，我見了也就跟著。他走到那包廂的後面便立住了。我起先以爲他同孫先生說話去呢，此時知道是讓我就近處看看他。我就立在那裡，一直到孫先生起身出去。中座包廂中只坐著兩個人，中山先生和他的公子哲生先生。他一言不發的坐在那裡，眼光直注在戲臺上。他的秀美的面容，優雅的態度，完全表現出一個書生政治家來。政治家像孫先生這樣的有氣魄而無架子的，我到歐洲以後還偶然見過，在中國可以說沒有。

孫先生身後站立的人漸漸的多了，他走的時候，已經立滿的是人。他見了相熟的人，或是握一握手，或是笑一笑，出去了。他的聲音我還是沒有聽見過。

孫先生靈柩到我面前的時候，我正回想著民國元年的記憶。四周的人一擠，把我擠醒了。我正見八九個孫先生的老朋友、老黨員，抬著靈柩向前走著。我的眼淚眞要奪眶而出了。

我在人叢中擠了出來，歸途想到我所見的都是下臺時的孫先生。民國元年那一次，正是他第一次下政治舞臺，這一次、末一次——非但下政治的舞臺，並且是下人生的舞臺了——世界不是一個舞臺麼？相隔十餘年，每次下臺，都有千千萬萬的人歡迎著或是哀悼著，孫先生之外還有什麼人有這種魔力？孫先生在國人心中的勢力是怎樣來的呢？我想，與其說因他的功業，還不如說因他的偉大的人格吧？

故事的背後

經由散文來寫一位大人物是一件困難的事，經由散文來寫一位當代的政治人物更難。因為那很容易陷於教條，讀來不生感情。但是，這篇〈哀思〉卻寫得那麼動人，讓人不由得生出濃厚的感情。它寫的人物是孫中生，地點是軍閥割據的北京，寫它的是一位大學的學者，並與中山先生不是政治的同路人。然而見著中山先生的靈柩，想著國家的處境，不自覺地感情流露出來。沒有口

陳西瀅（後）與凌叔華，夫婦皆有文名。

號，沒有歌功頌德，卻真正成為感人的作品。這是我們見過書寫政治人物最生動的一篇。

作者陳西瀅（一八九六～一九七〇），原名陳源，江蘇無錫人。曾留學英國，一九二二年回國，任北大外文系教授。一九二四年胡適創「現代評論」週刊，陳任文藝部主編，曾與魯迅論戰。一九二九年轉往武漢大學，任文學院院長。戰後出任中國駐聯合國文教組織代表。有文集《西瀅閒話》出版。夫人凌叔華為名小說家。

背影

朱自清

我與父親不相見已二年餘了，我最不能忘記的是他的背影。

那年冬天，祖母死了，父親的差使也交卸了，正是禍不單行的日子，我從北京到徐州，打算跟著父親奔喪回家。到徐州見著父親，看見滿院狼籍的東西，又想起祖母，不禁簌簌地流下眼淚。父親說，「事已如此，不必難過，好在天無絕人之路！」

回家變賣典質，父親還了虧空；又借錢辦了喪事。這些日子，家中光景很是慘淡，一半為了喪事，一半為了父親賦閑。喪事完畢，父親要到南京謀事，我也要回北京唸書，我們便同行。

到南京時，有朋友約去遊逛，勾留了一日；第二日上午便須渡江到浦口，下午上車北去。父親因爲事忙，本已說定不送我，叫旅館裡一個熟識的茶房陪我同去。他再三囑咐茶房，甚是仔細。但他終於不放心，怕茶房不妥帖；頗躊躇了一會。其實我那年已二十歲，北京已來往過兩三次，是沒有甚麼要緊的了。他躊躇了一會，終於決定還是自己送我去。我兩三回勸他不必去；他只說，「不要緊，他們去不好！」

我們過了江，進了車站。我買票，他忙著照看行李。行李太多了，得向腳夫行些小費，才可過去。他便又忙著和他們講價錢。我那時眞是聰明過分，總覺他說話不大漂亮，非自己插嘴不可。但他終於講定了價錢；就送我上車。他給我揀定了靠車門的一張椅子；我將他給我做的紫毛大衣鋪好坐位。他囑我路上小心，夜裡警醒些，不要受涼。又囑託茶房好好照應我。我心裡暗笑他的迂；他們只認得錢，託他們直是白託！而且我這樣大年紀的人，難道還不能料理自己麼？唉，我現在想想，那時眞是太聰明了！

我說道，「爸爸，你走吧。」他望車外看了看，說，「我買幾個橘子去。

你就在此地，不要走動。」我看那邊月臺的柵欄外有幾個賣東西的等著顧客。走到那邊月臺，須穿過鐵道，須跳下去又爬上去。父親是一個胖子，走過去自然要費事些。我本來要去的，他不肯，只好讓他去。我看見他戴著黑布小帽，穿著黑布大馬褂，深青布棉袍，蹣跚地走到鐵道邊，慢慢探身下去，尚不大難。可是他穿過鐵道，要爬上那邊月臺，就不容易了。他用兩手攀著上面，兩腳再向上縮；他肥胖的身子向左微傾，顯出努力的樣子。這時我看見他的背影，我的淚很快地流下來了。我趕緊拭乾了淚，怕他看見，也怕別人看見。我再向外看時，他已抱了朱紅的橘子望回走了。過鐵道時，他先將橘子散放在地上，自己慢慢爬下，再抱起橘子走。到這邊時，我趕緊去攙他。他和我走到車上，將橘子一股腦兒放在我的皮大衣上。於是撲撲衣上的泥土，心裡很輕鬆似的。過一會說，「我走了；到那邊來信！」我望著他走出去。他走了幾步，回過頭看見我，說，「進去吧，裡邊沒人。」等他的背影混入來來往往的人叢裡，再找不著了，我便進來坐下，我的眼淚又來了。

近幾年來，父親和我都是東奔西走，家中光景是一日不如一日。他少年出外謀生，獨力支持，做了許多大事。哪知老境卻如此頹唐！他觸目傷懷，自然情不自已。情鬱於中，自然要發之於外；家庭瑣屑便往往觸他之怒。他待我漸漸不同往日。但最近兩年的不見，他終於忘卻我的不好，只是惦記著我，惦記著我的兒子。我北來後，他寫了一信給我，信中說道，「我身體平安，唯膀子疼痛利害，舉箸提筆，諸多不便，大約大去之期不遠矣。」我讀到此處，在晶瑩的淚光中，又看見那肥胖的，青布棉袍，黑布馬褂的背影。唉！我不知何時再能與他相見！

故事的背後

朱自清的散文，可大別為華麗、平淡兩大類。前者以〈荷塘夜色〉為代表，後者以〈背影〉為代表。〈背影〉用平易的文字，寄寓真摯的感情。這篇散文家喻戶曉，幾十年來，幾乎所有的國文教科書都會選它，它也幾乎成為父愛的代表。前年報上刊出一則有趣的新聞，湖北教育廳新編訂的教科書不擬收錄〈背影〉，理由是父親跨越站臺，不守交通規則，後來引起廣泛的討論，湖北教育廳以媒體「報導失實」，還是把它收入教科書了。

朱自清（一八九八～一九四八年），字佩弦。江蘇江都（今揚州）人。著有《歐遊雜記》《背景》等散文集。北大哲學系畢業，曾任教清華大學，是一位知名作家和教授。

給亡婦

朱自清

謙：日子眞快，一眨眼你已經死了三個年頭了。這三年裡，世事不知變化了多少回，但你未必注意這些個，我知道。你第一惦記的是你幾個孩子，第二便輪著我。孩子和我平分你的世界，你在日如此；你死後若還有知，想來還如此的。告訴你，我夏天回家來著：邁兒長得結實極了，比我高一個頭。閏兒父親說是最乖，可是沒有先前胖了。采芷和轉子都好。五兒全家誇她長得好看；卻在腿上生了濕瘡，整天坐在竹床上不能下來，看了怪可憐的。六兒，我怎麼說好，你明白，你臨終時也和母親談過，這孩子是只可以養著玩兒的，他左挨右挨，去年春天，到底沒有挨過去。這孩子生了幾個月，你的肺病就重起來了。我勸你少親近他，只監督著老媽子照管就行。你總是忍不住，一會兒提，一會兒抱的。可是你病中爲他操的那一份兒心也夠瞧的。那一個夏天他病的時候多，你成天兒忙著，湯呀，藥呀，冷呀，暖呀，連覺也沒有好好兒睡過，哪裡有一分一毫想著你自己。瞧著他硬朗點兒你就樂，乾枯的笑容在黃蠟般的臉上，我只有暗中嘆氣而已。

從來想不到做母親的要像你這樣。從邁兒起，你總是自己餵乳，一連四個都這樣。你起初不知道按鐘點兒餵，後來知道了，卻又弄不慣；孩子們每夜裡幾次將你哭醒了，特別是悶熱的夏季。我瞧你的覺老沒睡足。白天裡還得做菜，照料孩子，很少得空兒。你的身子本來壞，四個孩子就累你七八年。到了第五個，你自己實在不成了，又沒乳，只好自己餵奶粉，另僱老媽子專管她。但孩子跟老媽子睡，你就沒有放過心；夜裡一聽見哭，就豎起耳朵聽，工夫一大就得過去看。十六年初，和你到北京來，將邁兒、轉子留在家裡；三年多還不能去接他們，可真把你惦記苦了。你並不常提，我卻明白。你後來說你的病就是惦記出來的；那個自然也有份兒，不過大半還是養育孩子累的。你的短短的十二年結婚生活，有十一年耗費在孩子們身上；而你一點不厭倦，有多少力量用多少，一直到自己毀滅為止。

你對孩子一般兒愛，不問男的女的，大的小的。也不想到什麼「養兒防老，積穀防飢」，只拚命的愛去。你對於教育老實說有些外行，孩子們只要吃得好玩得好就成了。這也難怪你，你自己便是這樣長大的。況且孩子們原都還小，吃和玩本來也要緊的。你病重的時候最放不下的還是孩子。病的只剩皮包著骨頭了，總不信自己不會好；老說：「我死了，這一大群孩子可苦了。」後來說送你回家，你想著可以看見邁兒和轉子，也願意；你萬不想到會一去不返的。我送車的時候，你忍不住笑了，說：「還不知能不能再見？」可憐，你的心我知道，你滿想著好好兒帶著六個孩子回來見我的。謙：你那時一定這樣想，一定的。

除了孩子，你心裡只有我。不錯，那時你父親還在；可是你母親死了，他另有個女人，你老早就覺得隔了一層似的。出嫁後第一年你雖還一心一意依戀著他老人家，到第二年上，我和孩子可就將你的心佔住，你再沒有多少工夫惦記他了。你還記得第一年我在北京，你在家裡。家裡來信說你待不住，常回娘家去。我動氣了，馬上寫信責備你。你教人寫了一封覆信，說家裡有事，不能不回去。這是你第一次也可以說第末次的抗議，我從此就沒給你寫信。暑假時帶了一肚子主意回去，但見了面，看你一臉笑，也就拉倒了。打這時候起，你漸漸從你父親的懷裡跑到我這兒。你換了金鐲子幫助我的學費，叫我以後還你；但直到你死，我沒有還你。你在我家受了許多氣，又因爲我家的緣故受你家裡的氣，你都忍著。這全爲的是我，我知道。那回我從家鄉一個中學半途辭職出走。家裡人諷你也走。哪裡走！只得硬著頭皮往你家去。那時你家像個冰窖子，你們在窖子裡足足住了三個月。好容易我才將你們領出來了，一同上外省去。小家庭這樣組織起來了。

你雖不是什麼闊小姐，可也是自小嬌生慣養的。做起主婦來，什麼都得幹一兩手，你居然做下去了，而且高高興興地做下去了。菜照例滿是你做，可是吃的都是我們，你至多夾上兩三筷子就算了。你的菜做得不壞，有一位老在行大大地誇獎過你。你洗衣服也不錯，夏天我的綢大褂大概總是你親自動手。你在家老不樂意閒著；坐前幾個「月子」，老是四五天就起床，說是躺著家裡事沒條沒理的。其實你起來也還不是沒條理；咱們家那麼多孩子，哪兒來條理？

在浙江的時候，逃過兩回兵難，我都在北平。眞虧你領著母親和一群孩子東藏西躲的；末回還要走多少里路，翻一道大嶺。這兩回差不多只靠你一個人。你不但帶了母親和孩子們，還帶了一箱箱的書；你知道我是最愛書的。在短短的十二年裡，你操的心比人家一輩子還多；謙，你那樣身子怎麼經得住！你將我的責任一股腦兒擔負了去，壓死了你；我如何對得起你！

你爲我的撈什子書也費了不少神；第一回讓你父親的男佣人從家鄉捎到上海去。他說了幾句閑話，你氣得在你父親面前哭了。第二回是帶著逃難，別人都說你傻子。你有你的想頭：「沒有書怎麼教書？況且他又愛這個玩意兒。」其實你沒有曉得，那些書丟了也並不可惜；不過教你怎麼曉得，我平常從來沒和你談過這些個！總而言之，你的心是可感謝的。

這十二年裡你爲我吃的苦眞不少，可是沒有過幾天好日子。我們在一起住算來還不到五個年頭，無論日子怎麼壞，無論是離是合，你從來沒對我發過脾氣，連一句怨言也沒有。——別說怨我，就是怨命也沒有過。老實說，我的脾氣可不大好，遷怒的事兒有的是。那些時候你往往抽噎著流眼淚，從不回嘴，也不號啕。不過我也只信得過你一個人，有些話我只和你一個人說，因爲世界上只你一個人眞關心我，眞同情我。你不但爲我吃苦，更爲我分苦；我之有我現在的精神，大半是你給我培養著的。這些年來我很少生病。但我最不耐煩生病，生了病就呻吟不絕，鬧那伺候病的人。你是領教過一回的，那回只一兩點鐘，可是也夠麻煩了。你常生病，卻總不開口，掙扎著起來；一來怕攪我，二來怕沒人做你那分兒事。

我有一個壞脾氣，怕聽人生病也是眞的。後來你天天發燒，自己還以爲南方帶來的瘧疾，一直瞞著我。明明躺著，聽見我的腳步，一骨碌就坐起來。我漸漸有些奇怪，讓大夫一瞧，這可糟了，你的一個肺已爛了一個大窟窿了！大夫勸你到西山去靜養，你丟不下孩子，又捨不得錢；勸你在家裡躺著，你也丟不下那分兒家務。愈看愈不行了，這才送你回去。明知凶多吉少，想不到只一個月工夫你就完了！本來盼望還見得著你，這一來可拉倒了。你也何嘗想到這個？父親告訴我，你回家獨住著一所小住宅，還嫌沒有客廳，怕我回去不便哪。

前年夏天回家，上你墳上去了。你睡在祖父母的下首，想來還不孤單的。只是當年祖父母的壙太小了，你正睡在壙底下。這叫做「抗壙」，在生人看來是不安心的；等著想辦法哪。那時壙上壙下密密地長著青草，朝露浸濕了我的布鞋。你剛埋了半年多，只有壙下多出一塊土，別的全然看不出新墳的樣子。我和隱今夏回去，本想到你的墳上來；因爲她病了，沒來成。我們想告訴你，五個孩子都好，我們一定盡心教養他們，讓他們對得起死了的母親，你！謙，好好兒放心安睡吧，你。

故事的背後

〈給亡婦〉作於一九三二年十月十一日，翌年元月刊「東方雜誌」。與〈背影〉同為膾炙人口的散文。妻子死了，週年的時候前往祭她，講給墓中人聽的都是家庭間兒女的瑣事，沒有抽象叫苦的字眼，字裡行間也很少形容詞，但是它的感人卻直透人心弦。何以如此？因為那是生命中真實的感受，如果作假，如果造作，就不可能有這樣的力量。古人說「修辭立其誠」，指的正是這種情況。

我的學生

冰心

S是在澳洲長大的——她的父親是駐澳的外交官——十七歲那年才回到祖國來。她的祖父和我的父親同學，在她考上大學的第二天，她祖父就帶她來看我，託我照應。她考的很好，只國文一科是援海外學生之例，要入學以後另行補習的。

那時正是一個初秋的下午，我留她的祖父和她，在我們家裡吃茶點。我陪著她的祖父談天，她也一點不拘束的，和我們隨便談笑。我覺得她除了黑髮黑睛之外，她的衣著，表情，完全像一個歐洲的少女。她用極其流利的英語，和我談到國文，她說：「我曾經讀過國文，但是一位廣東教師教的，口音不正確……」說到這裡，她極其淘氣的擠著眼睛笑了，「比如說，他說：『系的，系的，薩天常常薩雨。』你猜是什麼意思？她是說：『是的，是的，夏天常常下雨。』你看！」她說著大笑起來，她的祖父也笑了。

我說：「大學裡的國文又不比國語，學國語容易，只要你不怕說話就行。至於國文，要能直接聽講，最好你的國文教授，能用英語替你解說國文，你在班裡再一用心，就行了。」

她的祖父就說：「在國文系裡，恐怕只有你能用英語解說國文，就把她分在你的組裡吧，一切拜託了！」我只得答應了。

上了一星期的課，她來看我，說別的功課都非常容易，同學們也都和她好，只是國文仍是聽不懂。我說：「當然我不能爲你的緣故，特別的慢說慢講，但你下課以後，不妨到我的辦公室裡，我再替你細講一遍。」她也答應了。從此她每星期來四次，要我替她講解。眞沒看見過這樣聰明的孩子，進步像風一樣的快。一個月以後，她每星期只消來兩次，而且每次都是用純粹的流利的官話，和我交談。等到第二學期，她竟能以中文寫文章，她在我班裡寫的「自傳」長至九千字，不但字句通順，而且描寫得非常生動。這時她已成了全校師生嘴裡所常提到的人物了。

她學的是理科，第二年就沒有我的功課，但因爲世交的關係，她還常常來看我。現在她已完全換了中服，一句英語不說，但還是同歐美的小女孩兒一樣的活潑淘氣。她常常對我學她們化學教授的湖南腔，物理教授的山東話，常常使全客廳的人們，笑得喘不過氣來。她有時忽然說：「X叔叔，我祖父說你在美國一定有位女朋友，否則爲什麼在北平總不看見你同女友出去？」或說：「眾位教授聽著！我的X叔叔昨天黃昏在校園裡，同某女教授散步，你們猜那位女教授是誰？」她的笑話，起初還有人肯信，後來大家都知道她的淘氣，也就不理她。同時，她的朋友越來越多，課餘忙於開會、賽球、騎車、散步、溜冰、演講、排戲，也沒有工夫來吃茶點了。

以後的三年裡，她如同獅子滾繡球一般，無一時不活動，無一時不是使出渾身解數的在活動。在她，工作就是遊戲，遊戲就是工作。早晨看見她穿著藍布衫，平底皮鞋，夾著書去上課；忽然又在球場上，看見她用紅絲巾包起頭，穿著白襯衣，黑短褲，同三個男同學打網球；一轉眼，又看見她騎著車，飛也似的掠過去，身上已換了短袖的淺藍絨衣和藍布長褲；下午她又穿著實驗白衣服，在化學樓前出現；到了晚上，更摸不定了，只要大禮堂燈火輝煌，進去一看，臺上總有她，不是唱歌，就是演戲；在週末的晚上，會遇見她在城裡北京飯店或六國飯店，穿起曳地的長衣，踏著高跟鞋，戴著長耳墜，畫眉，塗指甲，和外交界或使館界的人們，吃飯，跳舞。

她的一切活動，似乎沒有影響到她的功課，她以很高的榮譽畢了業。她的祖父非常高興，並邀了我的父親來赴畢業會，會後就在我們樓裡午餐。她們祖孫走後，我的父親笑著說：「你看S像不像一隻小貓，沒有一刻消停安靜！她也像貓一樣的機警聰明，雖然跳蕩，卻一點不討厭。我想她將來一定會嫁給外交人員，你知道她在校裡有愛人吧？」我說：「她的男朋友很多，卻沒聽說過有哪一個特別好的，您說的對，她不會在同學中選對象，她一定會嫁給外交人員。但無論如何，不會嫁給一個書蟲子！」

出乎意外的，在暑期中，她和一位P先生宣布訂婚，P就是她的同班，學地質土壤的。我根本沒聽說過這個人！問起P的業師們，他們都稱他是個絕好的學生，很用功，性情也沉靜，除讀書外很少活動。但如何會同S戀愛訂婚，大家都沒看出，也絕對想不到。

一年以後，他們結了婚，住在S祖父的隔壁，我的父親有時帶我們幾個弟兄，去拜訪他們。他們家裡簡直是「全盤西化」，家人僕婦都會聽英語，飲食服用，更不必說。S是地道的歐美主婦，忙裡偷閒，花枝招展。我的父親常常笑對S說：「到了你家，就如同到澳洲中國公使館一般！」

但是住在「澳洲中國公使館」的P先生，卻如同古寺裡的老僧似的，外面狂舞酣歌，他卻是不聞不問，下了班就躲在他自己的書室裡，到了吃飯時候才出來，同客人略一招呼，就低頭舉箸。倒是S常來招他說話，歡笑承迎。飯後我常常同他進入書室，在那裡，他的話就比較得多。雖然我是外行，他也不憚煩的告訴許多關於地質土壤的最近發現，給我看了許多圖畫、照片和標本。父親也有時捧了菸袋，踱了進來，參加我們的談話。他對P的印象非常之好，常常對我說：「P就是地質本身，他是一塊最堅固的磐石。S和一般愛玩漂亮的人玩膩了，她知道終身之托，只有這塊磐石最好，她究竟是一個聰明人！」

我離開北平的時候，到她祖父那裡辭行，順便也到P家走走。那時S已是三個孩子的母親，院子裡又添上了沙土池子，鞦韆架之類。家裡人口添了不少，有保姆，漿洗縫做的女僕，廚子，園丁，司機，以及打雜的工人等等。所以當S笑著說「後方見」的時候，我也只笑著說：「我這單身漢是拿起腳來就走，你這一個『公使館』如何搬法？」P也只笑了笑，說：「X先生，你到那邊若見有地質方面新奇的材料，在可能的範圍內，寄一點來我看看。」

從此又是三年——

忽然有一天，我在雲南一個偏僻的縣治旅行，騎馬迷路。那時已近黃昏，左右皆山，順著一道溪水行來，逢人便問，一個牧童指給我說：「水邊山後有一個人家，也是你們下江人，你到那邊問問看，也許可以找個住處。」我牽著馬走了過去，斜陽裡一個女人低著頭，在溪邊洗著衣裳，我叫了一聲，她猛然抬起頭來，我幾乎不能相信我的眼睛，那用圓潤的手腕，遮著太陽，一對黑大的眼睛，向我注視的，不是S是誰？

我趕了過去，她喜歡的跳了起來，把洗的衣服也扔在水裡，嘴裡說：「你不嫌我手濕，就同我拉手！你一直走上去，山邊茅屋，就是我們的家。P在家裡，他會給你一杯水喝，我把衣裳洗好就來。」

三個孩子在門口草地上玩，P在一邊擠著羊奶，看見我，呆了一會，才歡呼了起來。四個人把我圍擁到屋裡，推我坐下，遞菸獻茶，問長問短。那最大的九歲的孩子，卻溜了出去，替我餵馬。

S提著一桶濕衣服回來，有一個小腳的女工，從廚房裡出來，接過，晾在繩子上。S一邊擦著手笑著走了進來，我們就開始了興奮而雜亂的談話，彼此互說著近況，從談話裡知道他們是兩年前來的，我問起她的祖父，她也問起我的父親。S是一刻不停的做這個那個，她走到哪裡，我們就跟到哪裡談著。直到吃過晚飯，孩子們都睡下了，才大家安靜的，在一盞菜油燈周圍坐了下來。S補著襪子，P同我抽著柳州菸，喝著勝利紅茶談話。

S笑著說：「這是『公使館』的『山站』，我們做什麼就是得像什麼！X叔叔！這座茅屋，就是P指點著工人蓋的，門都向外開，窗戶一扇都關不上！拆了又安，安了又拆，折騰了幾十回。這書桌，書架，『沙發』椅子都是P同我自己釘的，我們用了七十八個裝煤油桶的木箱。還有我們的床，那是傑作，床下還有放鞋的矮櫃子。好玩的很，就同我們小時玩「過家家」似的，蓋房子，造傢俱，抱娃娃，做飯，洗衣服，養雞，種菜，一天忙個不停，但是，眞好玩，孩子們都長了能耐，連P也會做些家務事。我們一家子過著露營的生活，笑話甚多，但是，我們也時常贊談自己的聰明，凡事都能應付得開。明天再帶你去看我們的雞棚，羊圈，蜂房，還有廁所，……總而言之，眞好玩！」

我凝視著她，「眞好玩」三字就是她的人生觀，她的處世態度，別的女人覺得痛苦冤抑的工作，她以「眞好玩」的精神，「舉重若輕」的應付了過去。她忙忙的自己工作，自己試驗，自己讚歎，眞好玩！她不覺得她是在做著大後方抗戰的工作，她就是蕭伯納所說的：「在抗戰時代，除了抗戰工作之外，什麼都可以做」的大藝術家！

當夜他們支了一張行軍床——也是他們自己用牛皮釘的——把我安放在P的書室裡，這是三間屋子裡最大的一間，兼做了客室，儲藏室等等。牆上仍是滿釘著照片圖畫，書架上磊著滿滿的書，牆角還立著許多鋤頭、鐵鏟、鋸子、扁擔之類。滅燈後月色滿窗，我許久睡不著，我想起北平的「澳州中國公使館」，想起我的父親，不知父親若看了這個山站，要如何想法！

陽光射在我的臉上，一陣煎茶香味，侵入鼻管。我一睜眼，窗外是典型的雲南的海藍的天，門外悄無聲息。我輕輕的穿起衣服，走了出來，看見S躡手躡腳的在擺著早飯，抬頭看見我，便笑說：「睡得好吧？你騎了一天馬，一定累了，我們沒有叫你。P上班去了，孩子們也都上學了，我等著你一塊兒吃粥。」說著忙忙的又到廚房裡去了。

我在外間屋裡，一面漱洗，一面在充滿陽光的屋子裡，四周審視。「公使館」的物質方面，都已降低，而「公使館」的整潔美觀的精神，盡還存在，還添上一些野趣。飯桌上戴著一塊白底紅花土布，一隻大肚的陶罐裡，亂插著紅白的野花。桌上是一盤黃果——四川人叫做廣柑——對面擺著兩隻白盤子，旁邊是兩把紅柄的刀子，兩雙紅筷子，兩個紅的電木的洗手碗，兩塊白底紅花的飯巾……正看著，S端了一盤雞蛋炸饅頭片進來，讓我坐下，她自己坐在對面。我們一面剝黃果，一面談話。

白天看S，覺得她比三年前瘦了許多，但精神仍舊是很好，身上穿著藍底印白花的土布衫子，短襪子，布鞋，臉上薄施脂粉，指甲也染得很紅。我笑說：「你的化妝品都帶來了吧？」她也笑說：「都帶來了，可是我現在用的是鵝蛋粉，和胭脂棉。鳳仙花瓣和白礬搗了也可以染指甲。」

我們吃著S自製的鹹鴨蛋和泡菜，吃過稀飯，又喝了煎茶。坐了一會，S就邀我去參觀她的環境。出到門外，菜園裡紅的是辣椒、番茄，綠的是豆子，黃的是黃瓜，紫的是茄子，周圍是一片一片的花畦，陽光下光豔奪目，蜂喧蝶鬧。菜園的後面，簡直像個動物園！十幾隻義大利的大白雞，在沙地上吃食，三隻黑羊，兩隻狼犬——我的那匹馬也拴在旁邊——還有小孩子養的松鼠和白兔。一隻極胖的藍睛的暹羅貓，在籬隙出入跳躍。

轉到山後，便看見許多人家，S說這便是市中心，有菜場，有郵政代辦所，有中心小學校。P的「地質調查所」是全市最漂亮高大的房子，磚牆瓦頂，員警崗亭就設在門邊。我們穿過這條「大街」的時候，男女老幼，村的〔土氣的〕俏的，都向S招呼，說長道短。有個婦人還把一個病孩子，從門洞裡抱出來給Ｓ看。當我們離開這人家的時候，我笑說：「Ｓ，如今你不是公使夫人，而是牧師太太了！」她笑了一笑。

大街盡頭，便是五六幢和Ｓ的相似的房子，那是地質調查所同人的住宅。Ｓ也帶我進去訪問。那些太太們大都是外省人，看見我去都很親熱，讓坐讓茶。她們的房間和Ｓ的一樣，而陳設就很亂很俗，自己是亂頭粗服，孩子們也啼哭喧鬧，這些太太們不住的向我道歉，說是房間又小，傭人又笨，什麼都不趁手，哪能像北平、上海那樣的可以待客呢？我無聊的坐了一會，也就告辭了出來。

回來的路上，Ｓ請我先走，說她還要到小學裡去教一堂課。我也便不回來，卻走到「地質調查所」去找Ｐ，參觀了他們的工作。等到Ｐ下班，我們一同走出來，三個孩子十分高興的在門口等著，說是「媽媽燉了雞，烤了肉，蒸了蛋羹，請客人回去吃大饅頭去！」

午後我睡了一大覺，醒起便要走路，Ｓ和Ｐ一定不肯，說今晚要約幾個朋友來和我談談。Ｓ笑說還有幾位漂亮的太太。我說：「假如你們可憐我，就免了這一套吧，我實在怕見生人；還有，你也扮演不出『公使館』那一齣！」P說：「也好，你再住一天，我們不請客人好了。」S想了一會，笑了，說：「晚飯以前，我還有事，你們帶這幾個孩子到對山去玩去，六時左右，帶些紅杜鵑花回來。」我們答應了，孩子們歡呼著都跑在前面去了。

我和P對躺在山頭草地上，曬著太陽。我說：「你們這一對兒眞好，你從前是那樣穩靜，現在也是那樣穩靜。S從前是那樣活潑，現在也是那樣活潑，不過比從前更老練能幹了，眞是難得。」P沈默了一會，說：「X先生，你只知道S活潑的一方面，還沒有看她嚴肅的一方面。她處處求全，事事好勝，這一二年來，身體也大不如從前了！她一個人做著六七個人的事，卻從不肯承認自己的軟弱。你知道她歡喜引用中文成語——英文究竟是她的方言，她睡夢中常說英語——有時文不對題的使人發笑。有一天，我下班回來，發現她躺在床上，看見我就要起來。我按住她，問她怎麼了，她說沒有什麼。只覺得有一點頭暈。我在床邊坐了一會，她忽然說：『P，我這個人眞是心比天高，命比紙薄。』我心裡忽然一陣難過，勉強笑說：『別胡說了，你知道薄命這兩個字，是什麼意思。』她卻流下淚來，轉身向裡躺著去了。X先生，你覺得……」

P說不下去了，我也不覺愣住，便說：「我自然看出S嚴肅的一方面，她如果不嚴肅，她不會認得你，她如果不嚴肅，她不會到內地來，她的身體是不如從前了，你要時時防護著她！至於她所說的那兩句話你倒不必存在心裡，她對於漢文是半懂不懂的。」P不言語，眼圈卻紅了。

這時候孩子們已抱著滿懷的紅杜鵑花，跑了上來，說：「我們該回去了，晚飯以前，我們還要換衣服呢。」

一進家門，那「幫工」的李嫂，穿著一身黑綢的衣褲，繫著雪白的圍裙，迎了出來，嘴裡笑著說：「客人們請客廳坐。」我們進到中間屋裡，看著餐桌上鋪著雪白的桌布，點著輝煌的四支紅燭，中間一大盤的紅杜鵑花，桌上一色的銀盤銀箸，雪白的飯巾。我們正在詫愕，李嫂笑著打起臥房的布簾子，說：「太太！客人來了。」S從屋裡笑盈盈的走了出來，身上穿著紅絲絨的長衣，大紅寶石的耳墜子，腳上是絲襪，金色高跟鞋，畫著長長的眉，塗上紅紅的嘴唇，眼圈邊也抹上淡淡的黃粉，更顯得那一雙水汪汪的俊眼——這一雙俊眼裡充滿著得意的淘氣的笑——她伸出手來，和我把握，笑說：「X先生晚安！到敝地多久了？對於敝處一切還看得慣吧？」我們都大笑了起來，孩子們卻跑過去抱著S的腿，歡呼著說：「媽媽，眞好看！」回頭又拍手笑說：「看！李嫂也打扮起來了！」李嫂忍著笑，走到廚房裡去了。

我們連忙洗手就座。因爲沒有別的客人，孩子們便也上席，大家都興高采烈。飯後，孩子們吃過果點，陸續的都去睡了。S又煮起咖啡，我們就在廊上看月閒談。看著S的高跟鞋在月下閃閃發光，我就說：「你現在沒有機會跳舞玩牌了吧？」S笑說：「才怪！P的跳舞和玩牌都是到了這裡以後才學會的。晚飯後沒事，我就教給P打『蜜月』紙牌，也拉他跳舞。他一天工作怪累的，應當換一換腦筋。」P笑說：「我倒不在乎這些個，我在北平的時候，就不換腦筋。我寧可你在一天忙累之後，早點休息睡覺，我自己再看一點輕鬆的書。」我說：「S，你會開汽車吧？」S說：「會的，但到這裡以後，沒有機會開了。」我笑說：「你既會開車，就知道無論多好多結實的車子，也不能一天開到二十四小時，尤其在這個崎嶇的山路上。物力還應當愛惜，何況人力？

你如今不是過著『電氣冰箱、抽水馬桶』的生活了，一切以保存元氣為主，不能一天到晚的把自己當做一架機器，不停的開著……」S連忙說：「正是這話！人家以為我只會過『電氣冰箱、抽水馬桶』的生活……」我攔住她，「你又來，總是好勝要強的脾氣！你如果把我當做叔叔，就應當聽我的話。」S笑了一笑，抬頭向月，再不言語。

第二天一早，我就騎著馬離開這小小的鎮市。P和S，和三個小孩子都送我到大路上，我回望這一群可愛的影子，心中忽然感激，難過。

回到我住處的第三天，忽然決定到重慶來。在上飛機之前，匆匆的給他們寫一封短信，謝謝他們的招待，報告了我的行蹤。並說等我到了重慶以後，安定下來，再給他們寫信——誰知我一到陪都，就患了一個月的重傷風，此後東遷西移，沒有一定的住址。直到兩月以後，才給他們寫了一封很長的信，許久沒有得到回音。又在兩月以後，我在一個大學裡，單身教授的宿舍窗前，拆開了P的一封信：

X先生：

我何等的不幸，S已於昨天早晨棄我而逝！原因是一位同事出差去了，他的太太忽然得了急性盲腸炎。S發現了，立刻借了一部車子，自己開著，送她到省城。等到我下班，看見了她的字條，立刻也騎馬趕了去……那位太太已入了醫院，患處已經潰爛，幸而開刀經過良好，只是失血太多，需要輸血。那時買血很貴，那位太太因經濟關係，堅持不肯。S又發現她們的血是同一類型，她就輸給那太太二百CC的血。……我要她同我回來，她說那太太需要人照料，而又請不起特別護士，她必須留在那裡，等到她的先生來了再走。我拗她不過，所中公務又忙，只得自己先走……三星期之後，S回來了，瘦得不成樣子！原來在三星期之內，她輸給那太太四百CC的血。從此便躺了下去，有時還掙扎著起來，以後就走不動了。醫生發現她是得了黍形結核症，那是周身血管，都有了結核細菌，是結核症中最猛烈最無可救藥的一種！病原是失血太多，操勞過度，營養不足，……這三個月中，急壞了S，苦壞了孩子，累壞了我，然而這一切苦痛，都不曾挽回我們悲慘的命運！……她生在上海，長在澳洲，嫁在北平，死在雲南，享年三十二歲……

如同雷轟電掣一般，我呆住了，眼前湧現了S的冷靜而含著悲哀的，抬頭望月的臉！想到她那美麗整潔的家，她的安詳靜默的丈夫，她的聰明活潑的孩子……

忽然廣場上一聲降旗的號角，我不由自主的，扔了手裡的信，筆直的站了起來。我垂著兩臂，凝望著那一幅光彩飄揚的國旗，從高杆上慢慢的降落了下來，在號角的餘音裡，我無力的坐了下去，我的眼淚，不知從哪裡來的，流滿了我的臉上了！

故事的背後

冰心（一九〇〇～一九九九），原名謝婉瑩，福建人。自五四以來，她的作品《無水》《繁星》《南歸》《給小讀者》一直成為大家愛讀的作品。

在中國新文學中，最早的女作家應該也是冰心。她的作品以寫母愛和兒童為主。文筆清新，影響很大，甚至在中共的文化大革命後，仍有人高喊「回到冰心！」這原因很簡單，因為人倫之愛是人的基礎。人在現實中愈是遭到冰冷的摧殘，他就愈加需要愛的滋養。

冰心在抗戰時期用「男士」的筆名寫了有關身邊人物的散文，沒有涉及到國家大事，但是在瑣瑣碎碎的事件中，卻處處流露出溫馨。〈我的學生〉寫的是一位開放、活潑、善良、能幹的女性，事事樂觀，處處上進，在她身上讓人見到眾多性的美德，而她的死亡，也讓人唏噓不已。這是一種最美麗也最高尚的人的品質。

冰心的散文很少用抽象的形容詞，她用的多是日常的小事件，小動作，是你我都常有的。正為這些瑣瑣碎碎為大家所熟悉，所以才愈加有著它們的感人的力量。冰心散文的另一特點是自然，不造作，好像不是有意在寫文章，而是在和人親切地敘述一件事，那麼隨意，那麼貼切，讓人不自覺地進入她言說的世界。

冰心於美國康乃爾大學，攝於一九二五年。

冰心（左）與林徽音，一九二五年攝於美國。

No. 2.

（醉花陰）

薄霧濃雲愁永晝
瑞腦消金獸
佳節又重陽
玉枕紗廚半夜涼初透

東籬把酒黃昏後
有暗香盈袖
莫道不銷魂
簾捲西風人比黃花瘦

冰心手迹

冰心早年手跡，抄錄李清照詞。

悼王世瑛女士

冰心

世瑛和我，算起來有三十餘年的友誼了。

民國元年的秋天，我在福州，入了女子師範預科，那時我只十一歲，世瑛在本科三年級，她比我也只大三四歲光景。她在一班中年最小，梳辮子，穿裙子，平底鞋上還繫著鞋帶，十分的憨嬉活潑。因爲她年紀小，就常常喜歡同低班的同學玩。她很喜歡我，我那時從海邊初到城市，對一切都陌生畏怯，而且因爲她是大學生，就有一點不大敢招攬，雖然我心裡也很喜歡她。我們眞正友誼的開始，還是五四那年同去北平就學的時代。

那年她在北平女高師就學，我也在北平燕京大學上課，相隔八九年之中，因著學校環境之不同，我們相互竟不知消息。直到五四運動掀起以後，女學界聯合會在青年會演劇籌款。各個學校單位都在青年會演習。我忘了女高師演的是什麼，我們演的是莎士比亞的「威尼斯商人」。預演之夕，在二三幕之間，我獨自走到樓上去，坐在黑暗裡，憑欄下視，忽然聽見後面有輕輕的腳步，一隻溫煖的手，按著我的肩膀，我回頭一看，一個溫柔的笑臉，問：「你是謝婉瑩不是?你還記得王世瑛麼?」

昏忙中我請她坐在我的旁邊，黑暗的樓上，只有我們兩個人，我們都注目臺上，而談話卻不斷的繼續著。她告訴我當我在臺上的時候，她就覺著面熟了，她向燕大的同學打聽，證實了我是她童年的同學，一閉幕她就走到後臺，從後臺又跟到樓上……她笑了，說這相逢多麼有趣!她問我燕大讀書環境如何，又問「冰心是否就是你?」那時我對本校的同學，還沒有公開的承認，對她卻只好點了點頭。三幕開始，我們就匆匆下去，從那時起，我們就成了最密的朋友。

那時我家住在北平東城中剪子巷，她住在西城磚塔衚衕。北平城大，從東城到西城，坐洋車一走就是半天，大家都忙，見面的時候就很少。然而我們都常常通信，一星期可有兩三封。那時正是五四之後，大家都忙著討論問題，一切事物，在重新估定價值的時候，問題和意見，就非常之多，我們在信裡總感覺得說不完，因此在彼此放學回家之後，還常常通電話，一說就是一兩個鐘頭。我們的意見，自然不盡相同，而我們卻都能容納對方的意見。等到後來，我們通信的內容，漸漸輕鬆，電話裡也常常是清閒的談笑，有時她還叫我從電話中彈琴給她聽，我的父親母親常常跟我開玩笑，說他們從來沒有看見我同人家這樣要好過，父親還笑說，「你們以後打電話的時間要縮短一些，我的電話常常被你們阻斷了！」

我在學校裡對誰都好，同學們也都對我好，因而也沒有什麼特別的「朋友」。世瑛就很熱情，除了同誰都好之外，她在同班中還有特別要好的三位朋友，那就是黃英（廬隱）、陳定秀和程俊英，連她自己被同學稱爲四君子。文采風流，出入相共，……廬隱在她的小說《海濱故人》裡，把她們的交誼，說得很詳細——世瑛在四君子之中，是最穩靜溫和的，而世瑛還常常說我

「冷」，說我交朋友的作風，和別人不一樣。我常常向她分辯，說我並不是冷，不過各人情感的訓練不同，表示不同，我告訴她我軍人的家庭（冰心之父謝葆璋為海軍耆宿）、童年的環境，她感著很大的興趣。

然而我們並不是永遠不見面。中央公園和北海在我們兩家的中途，春秋假日，或是暑假裡，我們常帶著弟妹們去遊賞——我們各有三個弟弟，她比我還多兩個妹妹——小孩子奔走跳躍的時候，我們就坐在水榭或漪瀾堂的欄旁，看水談心。她磚塔衚同的家，外院有個假山，我們中剪子巷的門口人院裡，也圈有一處花畦，有石櫈、鞦韆架等，假山和花畦之間，都是我們攜手同遊之地。我們往來的過訪，至多半日，她多半是午飯後才來，黃昏回去，夏天有時就延至夜中。我們最歡喜在星夜深談，寫到這裡，還想起一件故事：她在學生會刊物上寫稿子，用的筆名是「一息」，我說「一息」這兩字太衰颯，她就叫我替她取一個，我就擬了「一星」送她，我生平最愛星星，因集王次回的「明明可愛人如月」，和黃仲則的「一星如月看多時」兩句詩，頌讚她是一個可愛的朋友，她欣然接受了。直至民國十二年我出國時為止，我們就這樣淡而永的往來著。我比較冷靜，她比較溫柔，因此從來沒有激烈的辯論，或吵過架，我們兩家的人，都稱我們「兩小無猜」，算起來在朋友中，我同她談的話最多，最徹底，通信的數量也最多，那幾年是我們過往最密的時代，有多少最甜柔的故事，想起來使我非常的動心、留戀！

我出國去，她原定在北平東車站送行，因爲那天早晨要替我趕完一件絨衣，到了車站，火車已經開走了，她十分惆悵，過幾天她又趕到上海來送我上船。我感謝之餘，還同她說，「假如我是你，送過一次也罷了，何必還趕這一場傷心的離別？」她泫然說，「就因爲我不是你，我有我的想法！」——廬隱有一首新詩，就記的是這件事，我只記得中間四句，是：

辛苦織成的絨衣，
竟趕不上做別離的贈品，
秋風陣陣價緊，

不嫌衣裳太薄嗎？

在上海，我們又盤桓了幾天。動身之日，我早同她約定，她送我上船就走，不要看著船開，但她不能履行這珍重的諾言，船開出好遠，她還呆立在碼頭上……

到美國以後，功課一忙，路途又遠，我們通信的密度，就比從前差遠了，我只知道從上海，她就回到福州去教書。在十三年的春天，我在美國青山養病，忽然得到她的一封信，信末提到張君勱〔著名法學家，中華民國憲法起草人。〕先生向她求婚，問我這結合可不可以考慮，文句雖然是輕描淡寫，而語意是相當的懇切。我和君勱先生素不相識，而他的哲學和政治的文章，是早已讀過，對於他的人格，更是十分的推崇。世瑛既然問到我，這就表示她和她家庭方面，是沒有問題的了，我即刻在床上回了一封信，竭力促成這件事，並請她告訴我以嘉禮的日期。那年的秋天，我就接到他們結婚的請柬，我記得我寄回去的禮物，是一隻鑲著橘紅色寶石的手鐲。

民國十五年秋天，我回國來，一到上海，就去訪他們夫婦，那時他們的大孩子小虎誕生不久，世瑛還在床上，君勱先生趕忙下樓來接我，一見面就如同多年的熟朋友一樣，極高興懇切的握著我的手。上得樓來，做了母親的世瑛，乍看見我似乎有點羞怯，但立刻就被喜悅和興奮蓋過了。我在她床沿雜亂的說了半小時的話，怕她累著，就告辭了出來。在我北上以前，還見了好幾次，從他們的談話中，態度上都看出他們是很理想的和諧的伴侶。在我同他們個別談話的時候，我還珍重的向他們各個人道賀，爲他們祝福。

民國十六年以後，我的父親在上海做事，全家都搬到上海來。年假暑假我回家的時候，總是常到他們家裡，世瑛又做了兩個、三個孩子的母親，她的敦厚溫柔，更是有增無減，同時她對於君勱先生的文章事業，都感著極大的興趣，盡力幫忙。我在一旁看著，覺得我對於世瑛的敬愛，也是有增無減！她在家是個好女兒、好姐姐，在校是個好學生、好教師、好朋友，出嫁是個好妻子、好母親，這種人格，是需要相當的忍耐和不斷的努力，她以永恆的天眞和誠懇，溫柔和坦白來與她的環境周旋，她永遠是她周圍的人的慰安和靈感！

民國二十年母親去世以後，父親又搬回北平來，我和世瑛見面的機會便少了。民國二十三年他們從德國回來，君勱先生到燕大來教書，我們住得很近，又溫起當年的友誼。君勱先生和文藻（吳文藻，冰心夫婿，名社會學家）都是書蟲子，他們談起書來，就到半夜，我和世瑛因此更常在一起。北平西郊的風景又美，春秋佳日，正多賞心樂事，那一兩年我們同住的光陰，似乎比以前更深刻純化了。

他們先離開了北平到了上海，我們在抗戰以後也到了昆明，中間分別了六、七年，各居一地，因著生活的緊張忙亂，在表面上，我們是疏遠了。直到了前年，我們又在重慶見面，喜歡得幾乎落下淚來，她握著我的手，說她聽人說我總是生病，但出乎意外的我並不顯得憔悴。我微笑了，我知道她的用心，她是在安慰我！我謝了她，我說，「抗戰期間，大家都老了都瘦了，這是正常的表現，能不死就算好了。」她攔住我，說，「你總是愛說死字……」我一笑也就收住——誰知道她一個無病的人，倒先死了呢！

她住在汪山，我住在歌樂山，要相見就得渡一條江，翻一座嶺，戰時的交通，比什麼都困難，弄到每年我們才能見到一兩次面。她告訴我汪山有綠梅花。花時不可不來一賞，這約訂了三年，也沒有實現——我想我永不會到汪山去看梅花了，世瑛去了，就讓我永遠紀念這一個缺憾吧。

我們在重慶僅有的一次通訊，是她先給我寫的，去年五月一日，她到歌樂山來參加第一保育院的落成典禮，沒有碰到我，她「悵惘而歸」，在重慶給我寫了幾行：

冰姐：

到重慶後，第一次去歌樂山……因爲他們告訴我，你也許會來參加保育院的落成典禮……我可以告訴你，我在山上等了好久了……我念舊之情，與日俱深……也許是年齡的關係，使我常常憶舊——可是今天的事實，到了保育院，既未見你，而時間的限制，又無法去看你，悵惘而歸，老八又告訴我，你身體不大好，使我更懊悔我錯過了機會，不抽一刻時間來看你！我在山上幾次動筆

寫信給你，終於未寄，今天無論如何，要寫這幾個字給你，或不是你所想得到的，我是怎樣今情猶昔！再談吧，祝你

痊安。

瑛 五、一

我在病榻上接到了這封小簡，十分高興感動，那時正是杜鵑的季節，綠蔭中一聲聲的杜宇，參和了憶舊的心情，使我覺得惆悵，我覆她一信。中有「杜鵑叫得人心煩」之語，今年三月，她已棄我而逝，我更怕聽見鵑啼，每逢聽見聲淒而長的「苦——苦」，總使我矍然的心痛，尤其是在雨中或月下的夜半，一連疊聲的「苦——」，枕上每使我淒然下淚……

世瑛畢竟到歌樂山來看我一次，那是去年夏日，她從北溫泉回來，帶著兩個女兒，和她的令弟世圻夫婦，在我們廊上，坐了半天。她十分稱讚我們廊前的遠景，我便約她得暇來住些時——我們末次的相見，是在去年九月，我們都

在重慶，君勱先生的令弟禹九夫婦，約我們在一起吃晚飯，飯後談到我從前在北平到天橋尋訪賽金花的事，世瑛聽得很高興，那時已將夜半，她便要留我住下。文藻笑問，「那麼君勱呢？」世瑛也笑說，「君勱可以跟你回去住嘉廬。」我說，「我住待帆廬太舒服了，君勱住嘉廬卻未免太委屈了他。」大家開了半天玩笑，但以第二天早晨我們還要開會，便終於走了，現在回想起來，追悔當初未曾留下，因爲在我們三十餘年的友誼中，還沒有過「抵足而眠」的經歷！

今年三月初，我到重慶去，聽到了世瑛分娩在即的消息，她前年曾夭折了她的第三個兒子——小豹——如今又可以補上一個小的，我很爲她高興。那時君勱先生同文藻正在美國參加太平洋學會，我便寫信報告文藻，說君勱先生又快要做父親了，信寫去不到十天，梅月涵先生到山上來，也許他不知道我和世瑛的交情罷，在晚餐桌上，他偶然提起，說，「君勱夫人在前天去世了，大約是難產。」我突然停了箸，似乎也停止了心跳，半天說不出話來。

我一夜無眠，第二天一早，就分函在重慶的張肖梅女士（張禹九夫人）和張靄眞女士（王世圻夫人）詢問究竟。我總覺得這消息過於突然，三十年來生動的活在我心上的人，哪能這樣不言不語的就走掉了？我終日懸懸的等著回信，兩封回信終於在幾天內陸續來到，證實了這最不幸的消息：

靄眞女士的信中說：

……六姊下山待產已月餘，臨產時心臟衰疲，心理上十分恐懼，產後即感不支，醫師用盡方法，終未能挽回，嬰兒男性，出生後不能呼吸，多方施救，始有生氣，不幸延至數日，又復夭折……現靈柩暫寄浙江會館……君勱旅途得此消息，傷痛可知，天意如斯，夫復何言……

肖梅女士信中說：

……二家嫂臨終以前，並無遺言，想其內心痛苦已極，惟有以不了了之……

我不曾去浙江會館，我要等著君勱先生回國來時，陪他同去。我不忍看見她的靈柩，惟有在安慰別人的時候，自己才鼓得起勇氣！

我給文藻寫了一封信，「……二十年來所看到的理想的快樂的夫婦，眞是太希罕了，而這種生離死別的悲哀，就偏偏降臨在他們的身上，我不忍想像君勱先生成了無『家』可歸的人！假如他已得到國內的消息，你務必去鄭重安慰他……」

六月中肖梅女士來訪，她給我看了君勱先生挽世瑛的聯語，是：

廿年來艱難與共，辛苦備嘗，何圖一別永訣。

六旬矣（抗戰已六年）報國有心，救世無術，忍負海誓山盟。

她又提到君勱先生赴美前夕，世瑛同他對斟對飲，情意纏綿，弟妹們都笑他們比少年夫妻，還要恩愛，等到世瑛死後，他們都覺得這惜別的表現，有點近於預兆。

世瑛的身體素來很好，爲人又沉靜樂觀，沒有人會想到她會這樣突然死去。二十年來她常常擔心著我的健康，想不到素來不大健康的我，今夜會提筆來寫追悼世瑛的文字！假如是她追悼我，她有更好的記憶力，更深的情感，她保存著更多的信件，她一定會寫出多麼纏綿悱惻的文章來！如今你的「冷靜」

的朋友，只能寫這記帳式的一段，我何等的對不起你。不過，你走了，把這種東西留給我寫，你還是聰明有福的！

故事的背後

冰心，攝於九十大壽宴會。

三十年代文壇，女作家以冰心、蘇雪林、凌淑華、馮沅君、丁玲最為有名。這五大才女以冰心、蘇雪林成就最高。蘇雪林一生反共、反魯（迅），在大陸遭到冷落，冰心遂成為大陸最知名的女作家。

文章從兩人初識說起，娓娓道出交往的點點滴滴。冰心出國留學，世瑛趕往上海相送一節，讀來令人落淚。戰時流離失所，杜鵑啼血聲中收到世瑛來函，再次催人淚下。得知世瑛難產而死，傷痛達到極致，讀來已欲哭無淚矣。

悼亡文章寫不好就會流於濫情。本文感情真摯，在悼念中，每一件小事，每一次思念，都成了串串晶瑩的珍珠，讓人動心，讓人感念。

冰心，一九八八年攝於文學生涯七十年展。

冰心（右）與夫婿吳文藻，中為冰心母親。攝於一九二九年。

傷逝

臺靜農

今年四月二日是大千居士逝世三週年祭，雖然三年了，而昔日讌談，依稀還在目前。當他最後一次入醫院的前幾天的下午，我去摩耶精舍，門者告訴找他在樓上，我就直接上了樓，他看見我，非常高興，放下筆來，我即刻阻止他說：「不要起身，我看你作畫。」隨著我就在畫案前坐下。

案上有十來幅都只畫了一半，等待「加工」，眼前是一小幅石榴，枝葉果實，或點或染，竟費了一小時的時間才完成。第二張畫什麼呢？有一幅未完成的梅花，我說就是這一幅罷，我看你如何下筆，也好學呢。他笑了笑說：「你的梅花好啊。」其實我學寫梅，是早年的事，不過以此消磨時光而已，近些年來已不再有興趣了。但每當他的生日，不論好壞，總畫一小幅送他，這不是不自量，而是藉此表達一點心意。他也欣然。最後的一次生日，畫了一幅繁枝，求簡不得，只有多打圈圈了。他說：「這是冬心啊。」他總是這樣鼓勵我。

話又說回來了，這天整個下午沒有其它客人，他將那幅梅花完成後也就停下來了。相對談天，直到下樓晚飯。平常喫飯，是不招待酒的，今天意外，不特要八嫂拿白蘭地給我喝，並且還要八嫂調製的果子酒，他也要喝，他甚讚美那果子酒好喫，於是我同他對飲了一杯。當時顯得十分高興，作畫的疲勞也沒有了，不覺的話也多起來了。

回家的路上我在想，他畢竟老了，看他作畫的情形，便令人傷感。猶憶一九四八年（應爲一九四九年）大概在春夏之交，我陪他去北溝故宮博物院（故宮博物院初期，文物置霧峰北溝），博物院的同人對這位大師來臨，皆大歡喜，莊慕陵（即莊嚴先生）兄更加高興與忙碌。而大千看畫的神速，也使我喫驚，每一幅作品剛一解開，隨即卷起，只一過目而已，事後我問他何以如此之快，他說這些名蹟，原是熟悉的，這次來看，如同訪問老友一樣。當然也有在我心目中某一幅某些地方有些模糊了，再來證實一下。

晚飯後，他對故宮朋友說，每人送一幅畫。當場揮灑，不到子夜，一氣畫了近二十幅，雖皆是小幅，而不暇構思，著墨成趣，且邊運筆邊說話，時又雜以詼諧，當時的豪情，已非今日所能想像。所幸他興致好並不頹唐，今晚看我喫酒，他也要喫酒，猶是少年人的心情，沒想到這樣不同尋常的興致，竟是我們最後一次的晚餐。數日後，我去醫院，僅能在加護病房見了一面，雖然一息尚存，相對已成隔世，生命便是這樣的無情。

摩耶精舍與莊慕陵兄的洞天山堂，相距不過一華里，若沒有小山坡及樹木遮掩。兩家的屋頂都可以看見的。慕陵初聞大千要卜居於外雙溪，異常高興，多年友好，難得結鄰，如陶公與素心友「樂與數晨夕」，也是晚年快事。大千住進了摩耶精舍，慕陵送給大千一尊大石，不是案頭清供，而是放在庭園裡的，好像是「反經石」之類，重有兩百來斤呢。

可悲的，他們兩人相聚時間並不多，因爲慕陵精神開始衰憊，終至一病不起。他們最後的相晤，還是在榮民醫院裡，大千原是常出入於醫院的，慕陵卻一去不返了。

我去外雙溪時，若是先到慕陵家，那一定在摩耶精舍晚飯。若是由摩耶精舍到洞天山堂，慕陵一定要我留下同他喫酒。其實酒甚不利他的病體，而且他也不能飲了，可是飯桌前還得放一杯摻了白開水的酒，他這杯淡酒，也不是爲了我，卻因結習難除，表示一點酒人的倔強，聽他家人說，日常喫飯就是這樣的。

後來病情加重，已不能起床，我到樓上臥房看他時，他還要若俠夫人下樓拿杯酒來，有時若俠夫人不在，他要我下樓自己找酒。我們平常都沒有飯前酒的習慣，而慕陵要我這樣的，或許以爲他既沒有精神談話，讓我一人枯坐看，不如喝杯酒。當我一杯在手，對著臥榻上的老友，分明死生之間，卻也沒生命奄忽之感。或者人當無可奈何之時，感情會一時痲木的。

這篇〈傷逝〉是從臺靜農先生的散文集《龍坡雜文》選出來的。臺先生是五四時代的名小說家，後半生居住臺灣，擔任臺灣大學中文系系主任多年。除了學術上的成就外，時代的艱苦，環境的多困，使得他的散文深沉而穩實，書法更能集前人之長更具風味。臺先生晚年與國畫大師張大千、書法家莊嚴共居臺北，然因年老，再加上居處偏遠，不能時時相會。這篇追憶老友之作，字字紮實，不言感傷，直讓人感懷不已，比之愛人思舊之作，更有其時代之悲苦。

臺先生，生於一九〇二年，逝世於一九九〇年，安徽人。除散文集《龍坡雜文》及學術論文外，小說集《地之子》及《建塔者》已成為新文學經典之作。

臺靜農（右）與張大千，攝於摩耶精舍。

懷念蕭珊

巴金

一

今天是蕭珊逝世的六週年紀念日。六年前的光景還非常鮮明地出現在我的眼前。那一天我從火葬場回到家中，一切都是亂糟糟的，過了兩三天我漸漸地安靜下來了，一個人坐在書桌前，想寫一篇紀念她的文章。在五十年前我就有了這樣一種習慣：有感情無處傾吐時我經常求助於紙筆。可是一九七二年八月裡那幾天，我每天坐三四個小時望著面前攤開的稿紙，卻寫不出一句話。我痛苦地想，難道給關了幾年的「牛棚」（即五七幹校，知識分子下鄉勞改），眞的就變成「牛」了？頭上彷彿壓了一塊大石頭，思想好像凍結了一樣。我索性放下筆，什麼也不寫了。

六年過去了。林彪、「四人幫」及其爪牙們的確把我搞得很「狼狽」，但我還是活下來了，而且偏偏活得比較健康，腦子也並不糊塗，有時還可以寫一兩篇文章。最近我經常去火葬場，參加老朋友們的骨灰安放儀式。在大廳裡，我想起許多事情。同樣地奏著哀樂，我的思想卻從擠滿了人的大廳轉到只有二、三十個人的中廳裡去了，我們正在用哭聲向蕭珊的遺體告別。我記起了《家》裡面覺新說過的一句話：「好像珏死了，也是一個不祥的鬼。」

四十七年前我寫這句話的時候，怎麼想得到我是在寫自己！我沒有流眼淚，可是我覺得有無數鋒利的指甲在搔我的心。我站在死者遺體旁邊，望看那張慘白色的臉，那兩片嚥下千言萬語的嘴唇，我咬緊牙齒，在心裡喚看死者的名字。我想，我比她大十三歲，爲什麼不讓我先死？我想，這是多麼不公平！她究竟犯了什麼罪？她也給關進「牛棚」，掛上「牛鬼蛇神」的小紙牌，還掃過馬路。究竟爲什麼？理由很簡單，她是我的妻子。她患了病，得不到治療，也因爲她是我的妻子。想盡辦法一直到逝世前三個星期，靠開後門她才住進醫院。但是癌細胞已經擴散，腸癌變成了肝癌。

她不想死，她要活，她願意改造思想，她願意看到社會主義建成。這個願望總不能說是癡心妄想吧。她本來可以活下去，倘使她不是「黑老K」的「臭婆娘」。一句話，是我連累了她，是我害了她。

在我靠邊的幾年中間，我所受到的精神折磨她也同樣受到。但是我並未挨過打，她卻挨了「北京來的紅衛兵」的銅頭皮帶，留在她左眼上的黑圈好幾天以後才褪盡。她挨打只是爲了保護我，她看見那些年輕人深夜闖進來，害怕他們把我揪走，便溜出大門，到對面派出所去，請民警同志出來干預。那裡只有一個人値班，不敢管。當看民警的面，她被他們用銅頭皮帶狠狠抽了一下，給押了回來，同我一起關在馬桶間裡。

她不僅分擔了我的痛苦，還給了我不少的安慰和鼓勵。在「四害」（指四人幫）橫行的時候，我在原單位（中國作家協會上海分會）（毛澤東統治時期，作家隸屬作協，由政府統一管理）給人當作「罪人」和「賤民」看待，日子十分難過，有時到晚上九、十點鐘才能回家。我進了門看到她的面容，滿腦子的烏雲都消散了。我有什麼委屈、牢騷，都可以向她盡情傾吐。

有一個時期我和她每晚臨睡前要服兩粒眠爾通才能夠閉眼，可是天剛剛發白就都醒了。我喚她，她也喚我。我訴苦般地說：「日子難過啊！」她也用同樣的聲音回答：「日子難過啊！」但是她馬上加一句：「要堅持下去。」或者再加一句：「堅持就是勝利。」

我說「日子難過」，因爲在那一段時間裡，我每天在「牛棚」裡面勞動、學習、寫交代、寫檢查、寫思想彙報。任何人都可以責罵我、教訓我、指揮我。從外地到「作協分會」來串連的人可以隨意點名叫我出去「示眾」，還要自報罪行。上下班不限時間，由管理「牛棚」的「監督組」隨意決定。任何人都可以闖進我家裡來，高興拿什麼就拿走什麼。這個時候大規模的群眾性批鬥和電視批鬥大會還沒有開始，但已經愈來愈逼近了。

她說「日子難過」，因爲她給兩次揪到機關，靠邊勞動，後來也常常參加陪鬥。在淮海中路「大批判專欄」上張貼著批判我的罪行的大字報，我一家人的名字都給寫出來「示眾」，不用說「臭婆娘」的大名占著顯著的地位。這些文字像蟲子一樣咬痛她的心。她讓上海戲劇學院「狂妄派」學生突然襲擊，揪到「作協分會」去的時候，在我家大門上還貼了一張揭露她的所謂罪行的大字報。幸好當天夜裡我兒子把它撕毀，否則這一張大字報就會要了她的命！

人們的白眼，人們的冷嘲熱罵蠶蝕著她的身心。我看出來她的健康逐漸遭到損害。表面上的平靜是虛假的。內心的痛苦像一鍋煮沸的水，她怎麼能遮蓋住！怎麼能使它平靜！她不斷地給我安慰，對我表示信任，替我感到不平。然而她看到我的問題一天天地變得嚴重，上面對我的壓力一天天地增加，她又非常擔心。有時同我一起上班或者下班，走近巨鹿路口，快到「作協分會」，或者走近湖南路口，快到我們家，她總是抬不起頭。我理解她，同情她，也非常擔心她經受不起沉重的打擊。

我記得有一天到了平常下班的時間，我們沒有受到留難，回到家裡她比較高興，到廚房去燒菜。我翻看當天的報紙，在第三版上看到當時做了「作協分會」的「頭頭」的兩個工人作家寫的文章〈徹底揭露巴金的反革命眞面目〉。眞是當頭一棒！我看了兩三行，連忙把報紙藏起來，我害怕讓她看見。她端著燒好的菜出來，臉上還帶笑容，吃飯時她有說有笑。飯後她要看報，我企圖把她的注意力引到別處。但是沒有用，她找到了報紙。她的笑容一下子完全消失。這一夜她再沒有講話，早早地進了房間。我後來發現她躺在床上小聲哭著。一個安靜的夜晚給破壞了。

今天回想當時的情景，她那張滿是淚痕的臉還在我的眼前。我多麼願意讓她的淚痕消失，笑容在她那憔悴的臉上重現，即使減少我幾年的生命來換取我們家庭生活中一個寧靜的夜晚，我也心甘情願！

二

我聽周信芳（京劇名演員麒麟童）同志的媳婦說，周的夫人在逝世前經常被打手們拉出去當作皮球推來推去，打得遍體鱗傷。有人勸她躲開，她說：「我躲開，他們就要這樣對付周先生了。」蕭珊並未受到這種新式體罰。可是她在精神上給別人當皮球打來打去。她也有這樣的想法：她多受一點精神折磨，可以減輕對我的壓力。其實這是她一片癡心，結果只苦了她自己。我看見她一天天地憔悴下去，我看見她的生命之火逐漸熄滅，我多麼痛心。我勸她，安慰她，我想拉住她，一點也沒有用。

她常常問我：「你的問題什麼時候才解決呢？」我苦笑地說：「總有一天會解決的。」她嘆口氣說：「我恐怕等不到那個時候了。」後來她病倒了，有人勸她打電話找我回家，她不知從哪裡得來的消息，她說：「他在寫檢查，不要打岔他。他的問題大概可以解決了。」等到我從五七幹校（根據一九六六年五月七日毛澤東指示所辦的知識分子勞改營）回家休假，她已經不能起床。她還問我檢查寫得怎樣，問題是否可以解決。我當時的確在寫檢查，而且已經寫了好幾次了。他們要我寫，只是為了消耗我的生命。但她怎麼能理解呢？

這時離她逝世不過兩個多月，癌細胞已經擴散，可是我們不知道，想找醫生給她認眞檢查一次，也毫無辦法。平日去醫院掛號看門診，等了許久才見到醫生或實習醫生，隨便給開個藥方就算解決問題。只有在發燒到攝氏三十九度才有資格掛急診號，或者還可以在病人擁擠的觀察室裡待上一天半天。當時去醫院看病找交通工具也很困難，常常是我女婿借了自行車來，讓她坐在車上，他慢慢地推著走。有一次她僱到小三輪卡去看病，看好門診回家僱不到車了，只好同陪她看病的朋友一起慢慢地走回來，走走停停，走到街口，她快要倒下了，只得請求行人到我們家通知。她一個表姪正好來探病，就由他去把她揹了回家。她希望拍一張X光片子查一查腸子有什麼病，但是辦不到。後來靠了她一位親戚幫忙開後門兩次拍片，才查出她患腸癌。以後又靠朋友設法開後門住進了醫院。她自己還很高興，以爲得救了。只有她一個人不知眞實的病情，她在醫院裡只活了三個星期。

我休假回家假期滿了，我又請過兩次假，留在家裡照料病人。最多也不到一個月。我看見她病情日趨嚴重，實在不願意把她丟開不管，我要求延長假期的時侯，我們那個單位的一個「工宣隊」（工農兵毛澤東思想宣傳隊的簡稱）頭頭逼著我第二天就回幹校去。我回到家裡，她問起來，我無法隱瞞。她嘆了一口氣，說：「你放心去吧。」她把臉掉過去，不讓我看她。我女兒、女婿看到這種情景，自告奮勇跑到巨鹿路向那位「工宣隊」頭頭解釋，希望同意我在市區多留些日子照料病人。可是那個頭頭「執法如山」，還說：他不是醫生，留在家裡，有什麼用！「留在家裡對他改造不利！」他們氣憤地回到家中，只說機關不同意，後來才對我傳達了這句「名言」。我還能講什麼呢？明天回幹校去！

整個晚上她睡不好，我更睡不好。出乎意外，第二天一早我那個插隊落戶的兒子在我們房間裡出現了，他是昨天半夜裡到的。他得到了家信，請假回家看母親，卻沒有想到母親病成這樣。我見了他一面，把他母親交給他，就回幹校去了。

在車上我的情緒很不好。我實在想不通爲什麼會有這樣的事情。我在幹校待了五天，無法同家裡通消息。我已經猜到她的病不輕了。可是人們不讓我過問她的事情。這五天是多麼難熬的日子！到第五天晚上在幹校的造反派頭頭通知我們全體第二天一早回市區開會。這樣我才又回到了家，見到我的愛人。靠了朋友幫忙，她可以住進中山醫院肝癌病房，一切都準備好，她第二天就要住院了。她多麼希望住院前見我一面，我終於回來了。連我也沒有想到她的病情發展得這麼快。我們見了面，我一句話也講不出來。她說了一句：「我到底住院了。」我答說：「你安心治療吧。」她父親也來看她，老人家雙目失明，去醫院探病有困難，可能是來同他的女兒告別了。

我吃過中飯，就去參加給別人戴上反革命帽子的大會，受批判、戴帽子的人不止一個，其中有一個我的熟人王若望（中共改革開放後成爲著名民運人士）同志，他過去也是作家，不過比我年輕。我們一起在「牛棚」裡關過一個時期，他的罪名是「摘帽右派」。他不服，不聽話，他貼出大字報，聲明「自己解放自己」，因此罪名愈搞愈大，給捉去關了一個時期不算，還戴上了反革命的帽子監督勞動。在會場裡我一直像在做怪夢。開完會回家，見到蕭珊我感到格外親切，彷彿重回人間，可是她不舒服，不想講話，偶爾講一句半句。我還記得她講了兩次：「我看不到了。」我連聲問她看不到什麼？她後來才說：「看不到你解放了。」我還能再講什麼呢？

我兒子在旁邊，垂頭喪氣，精神不好，晚飯只吃了半碗，像是患感冒。她忽然指著他小聲說：「他怎麼辦呢？」他當時在安徽山區農村已經待了三年半，政治上沒有人管，生活上不能養活自己，而且因爲是我的兒子，給剝奪了好些公民權利。他先學會沉默，後來又學會抽菸。我懷著內疚的心情看看他。

我後悔當初不該寫小說，更不該生兒育女。我還記得前兩年在痛苦難熬的時候她對我說：「孩子們說爸爸做了壞事，害了我們大家。」這好像用刀子在割我身上的肉。我沒有出聲，我把淚水全吞在肚裡。她睡了一覺醒過來忽然問我：「你明天不去了？」我說：「不去了。」就是那個「工宣隊」頭頭今天通知我不用再去幹校就留在市區。他還問我：「你知道蕭珊是什麼病？」我答說：「知道。」其實家裡瞞住我，不給我知道眞相，我還是從他這句問話裡猜到的。

三

第二天早晨她動身去醫院，一個朋友和我女兒、女婿陪她去。她穿好衣服等候車來。她顯得急躁，又有些留戀，東張張西望望，她也許在想是不是能再看到這裡的一切。我送走她，心上反而加了一塊大石頭。

將近二十天裡，我每天去醫院陪伴她大半天。我照料她，我坐在病床前守看她，同她短短地談幾句話。她的病情惡化，一天天衰弱下去，肚子卻一天天大起來，行動越來越不方便。當時病房裡沒有人照料，生活方面除飲食外一切都必須自理。後來聽同病房的人稱讚她「堅強」，說她每天早晚都默默地掙扎著下了床，走到廁所。醫生對我們談起，病人的身體經不住手術，最怕的是她的腸子堵塞，要是不堵塞，還可以拖延一個時期。

她住院後的半個月是一九六六年八月以來我既感痛苦又感到幸福的一段時間，是我和她在一起度過的最後的平靜的時刻，我今天還不能將它忘記。但是半個月以後，她的病情又有了發展，一天吃中飯的時候，醫生通知我兒子找我去談話。他告訴我：病人的腸子給堵住了，必須開刀。開刀不一定有把握，也許中途出毛病。但是不開刀，後果更不堪設想。他要我決定，並且要我勸她同意。我做了決定，就去病房對她解釋。我講完話，她只說了一句：「看來，我們要分別了。」她望看我，眼睛裡全是淚水。我說：「不會的……」我的聲音啞了。接著護士長來安慰她，對她說：「我陪你，不要緊的。」她回答：「你陪我就好。」時間很緊迫，醫生、護士們很快做好了準備，她給送進手術室去了，是她的表姪把她推到手術室門口的。我們就在外面走廊上等了好幾個小時，等到她平安地給送出來，由兒子把她推回到病房去。兒子還在她的身邊守過一個夜晚。過兩天他也病倒了，查出來他患肝炎，是從安徽農村帶回來的。本來我們想瞞住他的母親，可是無意間讓他母親知道了。她不斷地問：「兒子怎麼樣？」我自己也不知道兒子怎麼樣，我怎麼能使她放心呢？晚上回到家，走進空空的、靜靜的房間，我幾乎要叫出聲來：「一切都朝我的頭打下來吧，讓所有的災禍都來吧。我受得住！」

我應當感謝那位熱心而又善良的護士長，她同情我的處境，要我把兒子的事情完全交給她辦。她做好安排，陪他看病、檢查，讓他很快住進別處的隔離病房，得到及時的治療和護理。他在隔離病房裡苦苦地等候母親病情的好轉。母親躺在病床上，只能有氣無力地說幾句短短的話，她經常問：「棠棠怎麼樣？」從她那雙含淚的眼睛裡我明白她多麼想看見她最愛的兒子。但是她已經沒有精力多想了。

她每天給輸血，打鹽水針。她看見我去就斷斷續續地問我：「輸多少ＣＣ的血？該怎麼辦？」我安慰她：「你只管放心。沒有問題，治病要緊。」她不止一次地說：「你辛苦了。」我有什麼苦呢？我能夠爲我最親愛的人做事情，哪怕做一件小事，我也高興！後來她的身體更不行了。醫生給她輸氧氣，鼻子裡整天插著管子。她幾次要求拿開，這說明她感到難受，但是聽了我們的勸告，她終於忍受下去了。開刀以後她只活了五天。誰也想不到她會去得這麼快！五天中間我整天守在病床前，默默地望看她在受苦（我是設身處地感覺到這樣的），可是她除了兩、三次要求搬開床前巨大的氧氣筒，三、四次表示擔心輸血較多付不出醫藥費之外，並沒有抱怨過什麼。見到熟人她常有這樣一種表情：請原諒我麻煩了你們。她非常安靜，但並未昏睡，始終睜大兩隻眼睛。眼睛很大，很美，很亮。我望著，望著，好像在望快要燃盡的燭火。我多麼想讓這對眼睛永遠亮下去！我多麼害怕她離開我！我甚至願意爲我那十四卷「邪書」受到千刀萬剮，只求她能安靜地活下去。

不久前我重讀梅林寫的《馬克思傳》，書中引用了馬克思給女兒的信裡的一段話，講到馬克思夫人的死。信上說：「她很快就嚥了氣。……這個病具有一種逐漸虛脫的性質，就像由於衰老所致一樣。甚至在最後幾小時也沒有臨終的掙扎，而是慢慢地沉入睡鄉。她的眼睛比任何時候都更大、更美、更亮！」這段話我記得很清楚。馬克思夫人也死於癌症。我默默地望著蕭珊那對很大、很美、很亮的眼睛，我想起這段話，稍微得到一點安慰。聽說她的確也「沒有臨終的掙扎」，也是「慢慢地沉入睡鄉」。

我這樣說，因爲她離開這個世界的時候，我不在她的身旁。那天是星期天，衛生防疫站因爲我們家發現了肝炎病人，派人上午來做消毒工作。她的表妹有空願意到醫院去照料她，講好我們吃過中飯就去接替。沒有想到我們剛剛端起飯碗，就得到傳呼電話，通知我女兒去醫院，說是她媽媽「不行」了。眞是晴天霹靂！我和我女兒、女婿趕到醫院。她那張病床上連床墊也給拿走了。別人告訴我她在太平間。我們又下了樓趕到那裡，在門口遇見表妹。還是她找人幫忙把「嚥了氣」的病人抬進來的。死者還不曾給放進鐵匣子裡送進冷庫，她躺在擔架上，但已經給白布床單包得緊緊的，看不到面容了。我只看到她的名字。我彎下身子，把地上那個還有點人形的白布包拍了好幾下，一面哭著喚她的名字。不過幾分鐘的時間。這算是什麼告別呢？

據表妹說，她逝世的時刻，表妹也不知道。她曾經對表妹說：「找醫生來。」醫生來過，並沒有什麼。後來她就漸漸地「沉入睡鄉」。表妹還以爲她在睡眠。一個護士來打針，才發覺她的心臟已經停止跳動了。我沒有能同她訣別，我有許多話沒有能向她傾吐，她不能沒有留下一句遺言就離開我！我後來常常想，她對表妹說：「找醫生來，」很可能不是「找醫生」，是「找李先生」（她平日這樣稱呼我（巴金原名李芾甘））。爲什麼那天上午偏偏我不在病房呢？家裡人都不在她身邊，她死得這樣淒涼！

我女婿馬上打電話給我們僅有的幾個親戚。她的弟媳趕到醫院，馬上暈了過去。三天以後在龍華火葬場舉行告別儀式。她的朋友一個也沒有來，因爲一則我們沒有通知，二則我是一個審查了將近七年的對象。沒有悼詞，沒有弔客，只有一片傷心的哭聲。我衷心感謝前來參加儀式的少數親友和特地來幫忙的我女兒的兩三個同學，最後，我跟她的遺體告別，女兒望看遺容哀哭，兒子在隔離病房還不知道把他當作命根子的媽媽已經死亡。值得提說的是她當作自己兒子照顧了好些年的一位亡友的男孩從北京趕來，只爲了看見她的最後一面。這個整天同鋼鐵打交道的技術員，他的心倒不像鋼鐵那樣。他得到電報以後，他愛人對他說：「你去吧，你不去一趟，你的心永遠安定不了。」我在變了形的她的遺體旁邊站了一會。別人給我和她照了像。我痛苦地想：這是最後一次了，即使給我們留下來很難看的形象，我也要珍視這個鏡頭。

一切都結束了。過了幾天我和女兒、女婿到火葬場，領到了她的骨灰盒。在存放室寄存了三年之後，我按期把骨灰盒接回家裡。有人勸我把她的骨灰安葬，我寧願讓骨灰盒放在我的寢室裡，我感到她仍然和我在一起。

……

故事的背後

巴金（一九〇四～），原名李芾甘，四川成都人。當代中國著名作家，著有《家》《無》《秋》等小說。這篇散文是他悼亡之作，他的夫人蕭珊在文革受盡折磨而死。民族的苦難更加強了悲劇的感人力量；而相對的，也更讓人見出極權的恐怖。此文共四段，末段未收入本書。

巴金與夫人蕭珊，攝於一九四九年，中為女兒小林。

文革結束後的巴金，攝於一九七〇年代末。

我的小先生

楊　逵

昨天，我們副隊長公布了「小先生」（先生，即老師）的國語與識字教學辦法，也分配了某一個老學生應屬於那一個小先生。

就這樣，每一個不識字的與不會講國語的都被分配有小先生，從此大家可以利用休息時間ㄅㄆㄇ了，非常有趣。

在哈哈笑聲中，引出我一個很甜蜜、又傷心的回憶來了。

這一次編班，因爲時間關係，我沒有再當老學生的機會了，但對於小先生的教學辦法，倒覺得非常有意思。

可愛的小先生，我也曾經有過這樣一個小先生。

我的小先生當時七歲，小學一年級，是我的次女。

我們的小先生教得很好，我同我的太太兩個老學生，的確也很認眞的學，很聽我們小先生的教示。從ㄅㄆㄇ開始，學到日常用語——如洗臉、洗手、吃飯、上學去……等這一類的日常用語。

我們的課堂是寫字間、廚房、洗臉室、餐桌旁，上課時間沒有硬性規定。

中午她從學校同來，就到寫字間看我說：

「爸爸，吃飯。」

我到餐室坐下，她就說：

「吃飯前要洗手。」

我們到洗臉室時，她又說：

「用肥皀洗手。」

回餐桌坐下時，她拿筷子說：

「左手拿碗，右手拿筷子。」

又說：

「這是青菜。」

「這是魚。」

「這是豬肉。」

中飯吃過了之後，我就回到寫字間看書。

不管看完沒看完，我們的小先生吃完飯就跟進來，她不喊立正，也不叫我行禮，爬上我的膝蓋上等我把她舒舒服服抱定，ㄅㄆㄇ就開始了。

太太因要收拾碗筷之類，經常都來不及開課，也經常抱怨課開得太早。

不過我們小先生總不厭其煩地，從頭再來一次ㄅㄆㄇ，又要我們老學生跟著ㄅㄆㄇ——如此，我們兩個老學生都可以並駕齊驅。不但是並駕齊驅，我們小先生總是把她媽媽的成績評得比我高一等，說是我的口舌太笨。

說實在的，我也一直不敢怪我們小先生在教學與評分上有所偏袒，有所不公。事實確是如此，我只怪自己的嘴巴太笨了。太太因爲喜歡講話，吱吱呱呱地整天忙，所以學習語言的才能確實比我強得多了。如ㄓㄔㄕ與ㄗㄘㄙ的分別，我一直是搞不清楚的。

在學日常用語的中間，有時候我就寫些諺語、童謠之類請教小先生，也常拿我做的歌謠請她唸給我聽。

我們的小先生對這些教材倒是頂有興趣，是很歡迎的。譬如月光光，秀才郎，譬如正月正，聽炮聲——她唸起來眞好聽。

有時候碰到了她不認識的字，就翻翻字典，ㄆㄤ……ㄆㄤ。ㄆㄤ、ㄆㄤˊ、ㄆㄤˇ、ㄆㄤˋ——像媽媽的叫胖！

這樣逗得大家大笑一場，笑完了課還是要繼續進行。

小先生教得津津有味，老學生也未曾感到厭煩。

在唸歌謠的時候，唸得高興時，我們小先生就站起來指揮，要老學生們來一次大合唱；興致來了，小先生就從我的膝蓋上溜下去，在八疊大的起居間開始跳她的舞。

這時候，老學生免不了就要鼓掌來給她捧捧場。

在經過一段時間之後。我計劃寫些很短很短的故事來請教小先生，也想寫一些童話劇來讓兒女們表演，而我們老學生當觀眾。再進一步，我們老學生也可以客串一下磨練口舌。

要是這個計劃沒受到阻礙而能繼續的話，儘管我的口舌再笨，學語言的才能再低，我說國語的能力總不致像今天這樣，滴滴答答道不出來吧。

叫人傷心的是，我們這一堂課開始了沒多久就被打斷了。有一天中飯後我正在寫字間寫東西，等待我們小先生吃完飯來上課的時候，門被打開了，闖進了幾位不速之客，把我們夫妻與五歲三女請上「烏頭仔」〔黑色轎車〕駛走了。

這一天，我們小先生從學校回來晚一點，客人來的時候，她飯才吃了一半。我們要離開時候，我叫她在家裡等，說姊姊哥哥們下課就會回來時，看到她飯都不吃了，卻把一滴一滴的眼淚滴在飯碗上，偶而抬頭看我們一下，什麼都不說。

坐在車上臨走的時候，我很想叫她勉強把那碗泡了眼淚的飯吃下去，吃得飽飽的才好，但不待我開口，「嘟嘟」一聲「烏頭仔」開走了。

既沒有人可以把我的意思傳給我們小先生，也沒有電話可以打得通，因此，她那一碗泡了眼淚擺在眼前的飯就一直刻印在我的腦裡，很久很久忘不了它。

值得慶幸的是，我們小先生在這漫長的七年間都未曾灰心過，也未曾放棄了她的志趣，把小學、初中唸完，已於去年考進了中師，來信說：她高興當一個小學教員，在兒童的一顰一笑之間去找回自己空白的童年。

她又說：在她要到中師去報到之前的一段時間，她又當了一段時間的小先生，賺了一點錢寄給我零用。但她沒有告訴我她這一段時間教的老學生是誰。

不過，我可以想像，在她寫這一封信的時候，她一定正在思念我們那一堂沒有上完的課，與離別了那麼久沒見面，而且還不知再多久才能見面的老學生。

看過她的信之後，我立刻寫信告訴她說：我正在找時間寫些歌謠、故事、劇本之類，以備有一天團聚時再來繼續我們那一堂沒上完的課——雖然中斷了這麼久，至今還叫我嚮往的那一堂課。

她表示同感的信很快就來了。

我把我們孩童時在書房裡背那些「天地玄黃，日月糊塗」背得一塌糊塗時的情形，與我們夫妻跟我們小先生學國語的那一段時間比較了之後，殊覺得我們的小先生眞是好先生。

故事的背後

楊逵先生（一九〇五～一九八五），本名楊貴，臺南新化人，日據時代最著名的臺灣作家，因反抗日本殖民統治，組織農民協會，被捕入獄。光復後，又因其政治背景被關入監獄達十二年。他的小說《送報夫》和《鵝媽媽出嫁》等，已成為臺灣文學的經典著作。尤其《送報夫》，當年用日文發表時已經胡風的翻譯而傳遍華人世界，臺灣同胞的悲苦，臺灣同胞的堅忍反抗已深深注入每個讀者的內心。這一篇〈我的小先生〉是他記述光復後被捕入獄的回憶。父女之情讓人感動。更可貴的是，他沒有一句怨言，作家心胸之坦然，更顯示了他人格的偉大。

在綠島的楊逵（右），攝於一九五七年。

貧賤夫妻

鍾理和

一

下了糖廠的五分車，眼睛往四下裡搜尋，卻看不見平妹的影子。我稍感到意外。也許她沒有接到我的信，我這樣想：否則她是不能不來的，她是我的妻，我知道她最清楚。也許她沒有趕上時間，我又這樣想：那麼我在路上可以看見她。

於是我提著包袱，慢慢向東面山下自己的家裡走去。已經幾年不走路了，一場病，使我元氣盡喪，這時走起路來有點吃力。

我離開家住到醫院裡，整三年了，除開第二年平妹來醫院探病見過一次，就再沒有見過，三年間無日不在想念和懷戀中捱過。我不知道這三年的日子她們在家裡怎樣度過，過得好？或不好？雖然長期的醫藥費差不多已把一份家產蕩光，但我總是往好裡想她，也許並不是想，而只是這樣希望著也說不定。我願她們過得非常之好，必須如此，我才放心。

固然我是這樣地愛她，但是除開愛，還有別種理由。

我和平妹的結合遭遇到家庭和舊社會的猛烈反對，我們幾經艱苦奮鬥，不惜和家庭決裂，方始結成今日的夫妻。我們的愛得來不易，惟其如此，我們甘苦與共，十數年來相愛無間。我們不要高官厚祿，不要良田千頃，但願一所竹籬茅舍，夫妻倆不受干擾靜靜地生活著、相愛，白頭偕老，如此盡足。

我們起初在外面，光復第二年又回到臺灣，至今十數年夫妻形影相隨，很少分開。想不到這次因病入院，一住三年。我可以想像在這期間平妹是多麼懷念和焦慮，就像我懷念和焦慮一樣。

一出村莊，一條康莊大道一直向東伸去，一過學校，落個小坡，有一條小路岔向東北。那是我回家的捷徑。我走落小坡，發現在那小路旁——那裡有一堆樹蔭，在那樹蔭下有一個女人帶一個孩子向這邊頻頻抬頭張望。

那是平妹呢！

我走到那裡，平妹迎上來接過我手中的行李。

「平妹！」我壓抑不住心中的激動。

平妹俯首。我看見她臉上有眼淚滾落，孩子緊緊地依在母親懷中，望望我，又望望母親。我離開時生下僅數個月的立兒，屈指算來已有四歲了。

我看著平妹和孩子，心中悲喜交集，感慨萬千。

平妹以袖揩淚；我讓她哭一會兒。三年間，她已消瘦許多了。

「平妹，」在她稍平靜下來時我開口問她：「你沒有接到我的信嗎？」

平妹靜靜地抬起眼睛；眼淚已收住了，但猶閃著濕光。

「接到了，」她說。

「那你爲什麼不到車站接我呢？」

「我不去，」她囁嚅地說，又把頭低下，「車站裡很多人。」

「你怕人呀？」

我又想起有一次要到外面去旅行，期間二週，平妹送我上車站時竟哭起來，好像我要出遠門。我們之間有好多年的分離，弄得我的心情十分陰沉。

「你不要別人看見你哭，是不是？」

平妹無言，把頭俯得更低了。

我默然良久，又問：

「我回來了，你還傷心嗎？」

「我太高興了！」她抬首，攀著孩子的下巴：「爸爸呢，你怎麼不叫爸爸？在家裡你答應了要叫爸爸的！」

這時我們已漸漸地把激動的情緒平抑下來，她臉上已有幾分喜意了。

我又問平妹：

「你在家裡過得好不好？」

平妹淒然一笑：「過得很好！」

我茫然看著，一份愧歉之情油然而生。

我拿起她的手反覆撫摸。這手很瘦，創傷密布，新舊皆有；手掌有滿滿厚厚的繭兒。我越看越難過。

「你好像過得很辛苦。」我說。

平妹抽回自己的手。「不算什麼，」她說停停，又說，「只要你病好，我吃點苦沒關係。」

二

家裡，裡裡外外，大小器具，都收拾得淨潔而明亮，一切井然有序，一種發自女人的審慎聰慧的心思的安詳、和平、溫柔的氣息支配著整個的家，使我一腳踏進來便發生一種親切、溫暖和舒適之感。這種感覺是當一個人久別回家後才會有的，它讓漂泊的靈魂寧靜下來。

然而在另一面，我又發覺我們的處境是多麼困難，多麼惡劣：我看清楚我一場病實際蕩去多少財產，我幾乎剝奪了平妹和兩個孩子的生存依據。這思想使我痛苦。

「也許我應該給你們留下財產。」晚上上床就寢時我這樣說：「有那些財產，你和兩個孩子日後的生活是不成問題的。」

「你這是什麼話，」平妹頗爲不樂：「我巴不得你病好出院回來，現在回來了，我就高興了。你快別說這樣的話，我聽了要生氣。」

我十分感動，我把她拉過來，她順勢伏在我的肩上。

「人家都說你不會好了，勸我不要賣地，不如留起來母子好過日子。可是我不相信你會死。」過了一會兒之後她又文靜地開口，「我們受了那麼多的苦難，上天會可憐我們。我要你活到長命百歲，看著我們的孩子長大成人，看著我在你跟前舒舒服服地死去；有福之人夫前死，我不願意自己死時你不在身邊，那會使我傷心。」

我們留下來的唯一產業，是屋東邊三分餘薄田，在這數年間，平妹已學會了莊稼人的全副本領：犁、耙、蒔、割，如果田事做完，她便給附近大戶人家或林管局造林地做工。我回家來那幾天，她正給寺裡開墾山地。她把家裡大小雜物料理清楚，然後拿了鐮刀上工，到了晌午或傍晚，再匆匆趕回來生火做飯。她兩邊來回忙著，雖然如此，她總是掛著微笑做完這一切。

有一天，她由寺裡回來，這時天已黑下來。她來不及坐下喘息，隨手端起飯鍋進廚房。我自後邊看著她這份忙碌，心中著實不忍，於是自問：爲什麼我不可以自己做飯？

翌日我就動手做。好在要做大小四口人吃的飯並不難，待平妹回來時我已把午膳預備好了。開始，平妹有些吃驚，繼之以擔心。

「不會累壞的，」我極力堆笑，我要讓她相信她的憂慮是多餘的，「我想幫點忙，省得你來回趕。」

由是以後，慢慢地我也學會了一個家庭主婦的各種職務：做飯、洗碗筷、灑掃、餵豬、縫紉和照料孩子，除開洗衣服一項始終沒有學好。於是在不知不覺中我們完成了彼此地位和責任的調換：她主外，我主內，就像她原來是位好丈夫，我又是位好妻子。

假使平妹在做自己田裡的活兒，那麼上下午我便要沏壺熱茶送到田裡去，一來給她喝，也可讓她藉此休息。我想一個人在做活流汗之後一定喜歡喝熱茶的。

我看著她喝熱茶時那種愉快和幸福的表情，自己也不禁高興起來。雖然我不能不讓她男人似地做活，但仍舊希望她有好看的笑顏給我看；只要她快樂，我也就快樂。

三

物質上的享受，我們沒有分兒，但靠著兩個心靈眞誠堅貞的結合，在某一個限度上說，我們的日子也過得相當的快樂，相當美滿。我們的困難主要是經濟上的。我們那點田要維持一個四口之家是很難的，而平妹又不是時常有工可做，所以生活始終搖擺不定。

有天傍晚，我們在庭中閑坐。庭上邊的路上這時走過幾十個掮木頭的人，裡面居然還有少數女人。他們就是報上時常提到的盜伐山林的人。他們清早潛入中央山脈的奧地去砍取林管局的柚木，於午後日落時分掮出來賣與販子。

我們靜靜地看著這些人走過。忽然平妹對我說她想明天跟他們一塊去掮木頭。

我不禁愕然，「你？掮木頭？」

隨著揹木頭人渾身透濕，漲紅面孔，呼吸如牛喘的慘相在我面前浮起。我的心臟立刻像被刺上一針，覺到抽痛。那是可怕的事。

「平妹，」我用嚴明的口氣說，但我聽得出我在哀求：「我們不用那樣做，我們吃稀點就對付過去了。」

話雖如此，但我們的日子有多難，我自己明白。最可悲的是：我們似乎又沒有改善的機會；加之事情往往又不是「吃稀點」便可以熬過去的。

柴米油鹽醬醋茶，對於他人是一種享受；但對於我們，每一件就是一種負擔，常人不會明白一個窮人之家對這些事有著怎樣的想法。我吃了這把年紀也就是到了現在才明白，有許多在平常人看來極不相干的事情，窮人便必須用全副精神去想，去對付。

到了孩子入學，教育費又是我們必須去想和對付的另一件事。此外，還有醫藥費等，雖然我已用不著每天吃藥了。壓力來自各方。

終於有一天，平妹揹木頭去了！

我默然目送平妹和那班人一道兒走上山路，有如目送心愛的人讓獄卒押上囚室一樣，心中悲痛萬分。我從沒有像這時一樣地怨恨自己的軟弱無能。我清楚覺到我們之間有一種不可抗拒的力量在殘酷無情地支配著我們的生活和行動，我們的意志已被砍去了手和腳。

日頭落山后不久，平妹很順利地掮著木頭由後門回來了。她的上衣沒有一塊乾燥，連下面的褲子也濕了大半截；滿頭滿臉冒著汗水，連頭髮也濕了；頭髮蓬亂異常，有些被汗水膏在臉上，看上去，顯得兇狠慓悍。平妹看見我便咧開嘴巴，但那已不是笑，壓在肩上的木頭把她扭歪得不知像什麼。霎時我心中有股東西迫得我幾乎喊出來。但實際我只一言不發地把頭別開，我不忍看，也不敢問。

她把木頭掮進屋裡，依著壁斜放著。那是一支柚木，帶皮，三寸半厚，丈三尺長，市價可值二十幾元。平妹一出來，我就把門關上，至晚，不提一個字——我怕提起木頭兩個字。

「你不高興我掮木頭呢！」

平妹終於開口問我，我的緘默似乎使她很難過。

「不是我喜歡掮木頭。」她向我解釋，但那聲音卻是悽愴的，「爲了生活，沒有辦法！」

事實上，我也不清楚自己此時的心境如何，那是相當複雜而矛盾的。這裡面似乎有恨，有悲哀，也有憂懼。恨的是自己爲人丈夫不但不能保有妻子，反要賴其贍養；悲哀的是妻子竟須去掮木頭；而木頭那端，我彷彿看到有一個深淵，我們正向那裡一步一步地接近，這又是我所懼怕的。

四

第二天，平妹又要去掮木頭。我給她捏了兩丸飯糰用麻竹葉包好，然後包在她洋巾裡讓她帶去。這就無須帶飯盒，吃完扔掉，省得身上多一份累贅。在這種場合，身子愈輕快愈好。

這天一到中午，我便頻頻向東面山坡看望，一來盼望平妹回來心切，其次也要看看有無異樣的人進出。那是很重要的。因爲這關係著掮木頭人的安危。

本地工作站，雖經常派有數名林警駐紮，但如果上頭林管機關不來人，平日便不大出動，出動了也不甚認眞。這樣的日子大抵是安全的。但如果上頭來人，情形就兩樣了。爲了安全，掮木頭的人共同僱有專人每天打聽消息，一有不穩，立刻潛進山裡送信。他的神通廣大，時常林管機關還不曾動身，他就先知道了。可惜的是：他愛喝酒和賭博，一喝起來或一賭起來，就什麼都不管了，這是掮木頭的人所最不能放心的。

中午一過，忽有三四個白衣人物由南邊進來了。我伏在窗格上足足看了幾分鐘。糟了，林管機關的人呢！

由此發現以後，我走進走出，起坐不寧。我時常走到庭邊朝東面山上察看動靜。那裡有二條路，在寺下邊分岔，一向東，一稍偏東北：向東那條須經過工作站門口。所以掮木頭的人都願意走另一條。如果風聲不好，二條路都不能走，他們便須翻山越嶺由別處遁走。果眞這樣，那就可憐了。但願不致如此。

我想起送信的人，我不知道這酒鬼做什麼去了，到現在還不見影子，眞眞該死！

太陽向西邊斜墜，時間漸漸接近黃昏。沒有動靜，也看不見送信人的身影。我的心加倍焦急，加倍不安。看看日頭在吻西邊的山頭了，黃昏的翳影向著四周慢慢流動，並在一點點加深、加濃。又是生火做飯的時候了。

突然，庭外面的路上有粗重的腳步聲匆匆走過。我一看，正是那該死的酒鬼，走得很急，幾乎是跑。

「平妹去了，阿和？」他邊走邊向我這裡喊。

「去了。他們在哪裡？」我問。

「枋寮。」

「你——」

但酒鬼已走遠了。

我一邊做事，一邊關心東面山口，這是緊要關頭，是林警出動拿人，而掮木頭的人偷越防線的時候。如果不幸碰著，小則把辛苦掮出來的木頭扔掉，人以倖免；大則人贓俱獲，那麼除開罰鍰，還要坐牢三月，賴以扶養的家族在這期間如何撐過，那只有天曉得了。

天，眼看黑了，卻一點動靜都沒有，事情顯見得不比尋常了。掮木頭的人怎麼樣？林警是否出動了？送信人是否及時趕到？他爲什麼這樣遲才趕來呢？這酒鬼！

天已完全黑下來，新月在天。我讓兩個孩子吃飽飯，吩咐老大領著弟弟去睡，便向東面山口匆匆跑去，雖然明知自己此去也不會有用處。

走到寺下邊彎入峽谷，落條河，再爬上坡，那裡沿河路下有一片田。走完田壟，驀然前邊揚起一片吶喊。有人在大聲喝道：「別跑！別跑！」還有匯成一片的「哇呀——」像一大群牛在驚駭奔跑。

我奮不顧身地向前跑去，剛跑幾步，迎面有一股人沿路奔來，肩上掮著木頭。我一閃，閃進樹蔭，只見五六個男人急急惶惶跑過，氣喘吁吁，兩個林警在後面緊緊追趕，相距不到三丈。「別跑！別跑！」林警怒吼。砰！砰！砰！顯然男人們已把木頭扔掉了。

我走出樹蔭，又向裡面跑。沿路有數條木頭拋在地上。裡面一疊聲在喊：「那裡！那裡！」只見對面小河那向空曠的田壠裡有無數人影分頭落荒逃走，後面三個人在追，有兩個是便衣人物，前面的人的肩上已沒有木頭。

「站著，別跑，你媽的！」有聲音在叱喝，這是南方口音的國語。

另一股聲音發自身邊小河裡，小河就在四丈近遠的路下邊，在朦朧的月光下竄出二條人影，接著，又是一條，又再一條。第三條，我看出是女人，和後面的林警相距不到二丈。小河亂石高低不平，四條人影在那上面跌跌撞撞。起落跳躍。俄而女人身子一踉蹌，跌倒了，就在這一踉蹌，跌倒了，就在這一刹那後面的人影一縱身向那裡猛撲。

哎呀！

我不禁失聲驚叫，同時感到眼前一片漆黑，險些兒栽倒。

待我定神過來時，周遭已靜悄悄地寂然無聲了，銀輝色的月光領有了一切，方才那掙扎、追逐和騷動彷彿是一場噩夢。但那並不是夢，我腳邊就有被扔掉的木頭，狼藉一地。我帶著激烈的痛苦想起：平妹被捉去了！

五

我感到自己非常無力，我拖著兩條發軟的腿和一顆抽痛的心向回家的路上一步一步走去。在小河上，我碰見兩個林警和三個便衣人物，他們都用奇異和猜疑的表情向我注視。

不知走了多少時間，終於走到自己的家，當我看見窗口漏出的昏黃燈光時我感到無比的孤獨和淒涼。但當我一腳踏進門時，我又覺到我在做夢了，以致一時呆在門邊。呵，平妹竟好好地坐在櫈子上！她沒有被林警捉去，我心愛的妻！

「平妹！平妹！」

我趨前捉起她的手熱情地呼喚，又拿到嘴上來吻，鼻上來聞，我感覺有塊灼熱的東西在胸口燃燒。

「你到哪裡去啦？」平妹開口問我。

但是我聽不見她的話，只顧說我自己的，「我看見你被林警捉去。」

「我？」平妹仰著臉看我。「沒有，」她緩緩地說，「我走在後邊；我看見前邊林警追人，就藏進樹林裡。不過我翻山時走滑了腳，跌了一跤，現在左邊的飯匙骨跟絞骨有些作痛，待一會兒你用薑給我擦擦。」

我聽說，再看她的臉，這才發覺她左邊顴骨有一塊擦傷，渾身，特別是左肩有很多泥土，頭髮有草屑。

我拿了塊薑剖開，放進熱灰裡煨得燙熱，又倒了半碗酒，讓平妹躺在床上。解開衣服一看，使我大吃一驚：左邊上至肩膀，下至腿骨，密密地佈滿輕重大小的擦破傷和淤血傷。胯骨處有手掌大一塊淤血，肩胛則擦掉一痕皮，血跡猶新。我看出這些都是新傷。我給她敷上盤尼西林，淤血的地方，我用熱薑片蘸上酒給來回擦搓；擦胯骨時平妹時時低低地呻吟起來。

「平妹，你告訴我，」我問，「你是剛才在小河裡跌倒的，是不是？」

平妹不語。經我再三追問，她才承認確是在小河跌倒。

「那你為什麼要瞞住我？」我不滿地說，「你的傷勢跌得可並不輕。」

「我怕你又要難過。」她說。

剛才那驚險緊張的一幕又重新浮上我的腦際，於是一直被我抑止著的熱淚涔涔然滴落。

我一邊擦著，一邊想起我們由戀愛至「結婚」而迄現在，十數年來坎坷不平的生活，那是兩個靈魂的艱苦奮鬥史，如今一個倒下了，一個在作孤軍奮鬥，此去困難重重，平妹一個女人如何支持下去？可憐的平妹！

我愈傷心，眼淚也就不絕地滾落。

平妹猛地坐了起來，溫柔地說：「你怎麼啦？」

我把她抱在懷中，讓熱淚淋濕她的頭髮。

「你不要難過，」平妹用手撫摸我的頭，一邊更溫柔地說：「我吃點苦，沒關係，只要你病好，一切就都會好起來。」

兩個孩子就在我們身邊無知地睡著，鼻息均勻、寧靜。

第二天，無論如何我不讓她再去掮木頭，我和她說我們可以另想辦法。

後來我在鎮裡找到一份適當的差事——給一家電影院每日寫廣告，工作輕鬆，而且只二小時即可做完，餘下的時間仍無妨療養。雖然報酬微薄，只要我們省吃儉用，已足補貼家計之不足，平妹也無需出外做工了。

雖然如此，我只解決了責任和問題的一半，還有一半須待解決，那就是——我的病。我必須早日把它克服，才對得起平妹，我的妻！

故事的背後

鍾理和（一九一五〜一九六〇），臺灣高雄美濃人，生長於貧苦的農家，為光復初期最具代表性的作家。他可以算是臺灣最後一位農村作家，在他筆下呈現出臺灣走向工業化前後臺灣農村的悲苦。他筆下的平妹就是他的妻子，也是典型的臺灣婦女，刻苦能幹節儉樸實，而又任勞任怨，堅忍不屈。這是臺灣精神的具體表現。

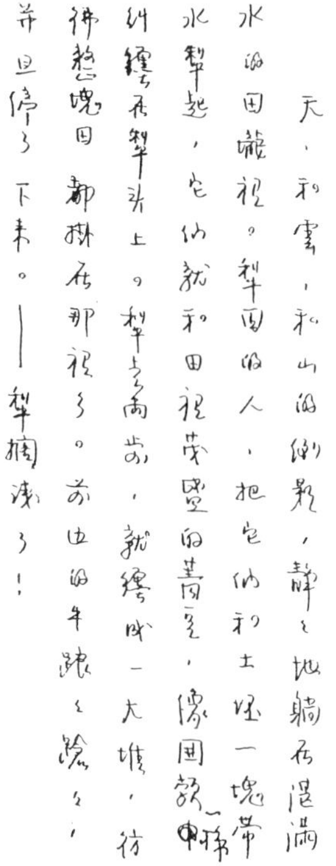

鍾理和手稿〈做田〉

鍾理和與夫人平妹，一九四〇年初抵東北時攝。

父親

徐鍾珮

父親在我十六歲時逝世。在這十六年中，我聽見父母交談的話，不到一百句，我也沒見父親進過母親的房門。

我相信父親是至死愛母親的，但自我出生以來，母親卻板起臉來，擲還了父親對她全心的愛。父親必然曾爲此傷心過，可是我們卻從未聽他出過一次怨言，也沒有看見他掉過一滴眼淚。

祖父母偏愛叔父，對父親常加申斥。子女們偏愛母親，對父親淡然置之。母親對他，更是冷若冰霜。在這冰天雪地裡，父親卻是笑口常開，父親把一生哀怨，化成一臉寬恕姑息的笑。

我自小就體會父親的寂寞，父親對我的縱容，更加強了我對他的愛。我跟著他，走遍鎮上的茶樓酒肆，甚至他在入局︹進賭場︺時，我也站在他身旁，數著他的籌碼。父親的朋友常一看見他身旁的我就皺眉。

記不清什麼時候，依稀是我小學將畢業時，父親忽然放下酒杯，推開牌桌，在鎮上的學校裡找到工作。先是他早出晚歸，其後索性搬出了家，在學校膳宿。

父親一直優柔寡斷，我至今不知是一股什麼力量，使他有決心搬出了這似家而非家的家。就此父親好像家裡的一名長期客人，有時他回家時，正當家裡開飯，我牽著父親的手，拉他入座，他卻笑著搖搖頭：「我用過了。」

暑假放學，兄姊全回家，父親也無課務，似乎也在家用飯，只是依然住在學校。他知道二哥愛吃鮮魚，三姊愛菱角，時常不惜走遍全鎮去物色。

父親的一把芭蕉扇，有小圓桌桌面那樣大，午餐時揮汗如雨，父親老在我身邊揮著他的大扇，全桌生風。入夜在後院納涼，我躺在他身旁，聽他講母親所謂「最不入耳的山海經」。聽著聽著，倦極沉沉睡去，小睡醒來，天上繁星閃爍，眼前一亮，是父親在點燈籠。我坐起來，揉著惺忪睡眼，問他：「你到哪裡去？」父親把燈籠對我臉上一照：「我回去。」我送他到後門，依著門悵望著他燈籠愈行愈遠，有如一點螢火。我一直不敢也不忍問：「你爲什麼不留在家裡？」

我外出讀初中時，父母都已有白髮，而存在兩人間隔閡，始終未因歲月變色。母親主持家務，主持我們的教育。父親在管不到家務和子女之餘，退而獨善其身。記得我第一次離家就學的那一天，清早去學校向父親辭行。他的學校還未開學，庭院寂寂，在空曠的宿舍裡，我看見父親孤零零的一張床，他的同事都有家，全回去度假了。

父親在帳子裡探出頭來，笑說：「是你。」我說：「我要走了，學校開學了。」他沉默半晌，才說：「你也要走了。」

在我低著頭走出校門時，父親突然後面趕來，他一手扣衣，一手把幾張鈔票塞在我手裡，我趕快還給他。「我有。」我說：「你留著自己用吧！」他重又塞在我手裡：「拿著吧！你還是第一次用爸爸的錢。」他臉上依然堆著笑，但不是寬恕姑息的笑，卻是悽然歉然的笑。

初中畢業回家，發現父親已辭職，搬回家來，他的身體不允許他再執教鞭。那年暑假我和他同居一室，常聽他咳嗽，夜半醒來，朦朧中喊他，他也總是醒著。

母親對他，依然不言不語，我爲過度同情父親，幾次出言頂撞母親。母親家法最嚴，有一次在盛怒之下，把我痛斥，我賭氣老早上床，不出外乘涼。幾聲咳嗽，父親也走進房來，他揭開我的帳子，把我身子扳過來，低聲說：「下次別再惹惱你母親，她持家已夠辛勞。」我把扇子掩住臉，停了一晌，他又說：「母親生性要強，我卻一生沒有烜赫功名。」他又咳嗽了，我放下扇子，他那時敞著上衣，只見他胸前根根肋骨畢露。「如果有一天我死。」他說：「你切莫又爲我和他們傷了和氣，我又幾曾盡過爲夫爲父之責。」

就在那年秋間，我接他病電，星夜馳歸，我要伏在他病榻前，重申我對他無底的愛，我要他知道他還有我，並沒有寂寞一生。但我回去時，他卻神志已模糊，他沒有看我一眼。

我伏在他榻上，我等了三日三夜，我沒有別的希冀，只希望在生死長別前，再有機會讓他愛撫的看我一眼，讓他聽我喊一聲「爸爸」。但是他卻昏睡不醒，我的呼喚，甚至母親對他出奇的溫柔，都喚不回他失去的生命。在他嚥最後一口氣時，床邊家人環泣，他第一次也是最後一次享受了大家的愛和關切。

在他自知不起時，曾囑三姊：「你如孝我，不必厚葬我，各人求心之所安。」他的自責引起了人人自愧。屋內哭聲震耳，應該滴滴都是懺悔之淚。在臨去的最後剎那，大家才發現了這位被遺棄了一生的老人——一切都太遲了！

故事的背後

徐鍾珮（一九一七～），江蘇常熟人。當代名散文家，散文集《多少英倫舊事》《我在臺北》小說《餘音》，都擁有廣大讀者。這篇〈父親〉，以另一種眼光體認父親的悲苦，這是一種隱忍的愛。父親的微笑，實際上潛藏著無數看不見的眼淚。

一束玫瑰花

聶華苓

松江路一二四巷三號，是我在臺北的家。當時的松江路只有兩、三條小巷，在空盪盪的田野中。那房子是「自由中國」（政府遷臺初期著名政論刊物）剛創辦時，從臺灣省政府借來的，那時正是吳國楨任臺灣省主席兼保安司令部司令。地方偏僻，交通不便，三房一廳的房子，只有殷海光一個人住。誰也不願去沾惹他，人都說他古怪、孤僻、傲慢，一句話不投機，立刻拒人於千里之外。

殷海光抗戰時在昆明的西南聯大，是金岳霖的學生，非常佩服他老師的學養和爲人。他十六歲時對於邏輯學的心得，就得到金岳霖的重視，引用在他的著作中。抗戰後，殷海光是南京「中央日報」主筆（殷因此被中共列爲文化戰犯」，徐蚌會戰，他一篇社論〈趕快收拾人心〉，針砭當時的國民政府的弊病，得到許多知識分子的共鳴。他到臺灣後，應博斯年之聘在臺灣大學教書，離開「中央日報」，並參加「自由中國」任編輯委員。

一九四九年，一群年輕知識分子剛從大陸到臺灣，常在一起聚會，討論中國的未來。我第一次和王正路去參加，也是第一次見到殷海光。他比他們只年長幾歲，儼然是他們的大師。朋友們在小房的榻榻米上席地而坐，希望聽聽殷海光的意見。然而，大師不講話，兩眉紫鎖坐在那兒。筆挺的希臘鼻，晶黑深沉的眼睛，射出兩道清光，一蓬亂髮任性搭在額頭上。他久久不說話，彷彿肩上壓著千斤重擔，不知如何卸下才好。他終於講話了，湖北腔的國語，一個個字，咬得清楚、準確、堅定。他逐漸來勁了，講起他的「道」了。他那時的「道」是中國必須全盤西化，反對傳統。後來在另一個場合，突然有人在房門口叫了我一聲，抬頭一看，正是殷海光。我站起來招呼他。他卻頭一扭，硬著脖子走了。許久以後，我才知道，他發現屋子裡有個「氣壓很低」的人。

我拖著母親、弟弟、妹妹從大陸到臺灣，哪裡還有選擇住處的自由？一家人只有懷著凶吉不可測的心情，搬到松江路。

搬家那天，殷海光在園子裡種花，對我們打了個招呼，沒有歡迎，也沒有不歡迎的樣子。但是，來日方長，和母親所稱的那個「怪物」，擠在四堵灰色土牆內，是否能相安無事，不知道。

第二天早上，走出房來，桌上一束紅艷艷的玫瑰花！殷海光園子裡的玫瑰花！他摘下送給我母親。空空洞洞的屋子，窗前放了一束玫瑰花，立刻有了喜氣。

那是我們臺灣生活中第一束花。

我對母親說：莫擔心，殷海光是愛花的人。

母親說：我才不怕他！

就從那一束玫瑰花開始，殷海光成了我家三代人的朋友。他在我家搭伙。我們喜歡吃硬飯和辣椒，他一顆顆飯往嘴裡挑，不沾辣菜，尤其痛恨醬油。但他從沒說什麼。後來母親發現他有胃病，問他爲什麼不早說呢？他說：人對人的要求，就像銀行存款，要求一次，就少一點。不要求人，不動存款，你永遠是富人。

母親把飯煮得軟軟的，辣椒醬油也不用了。殷海光仍然有一搭沒一搭地吃著。他和我們一起吃飯，好像只是為了談話：談美、談愛情、談婚姻、談中國人的問題、談未來的世界、談昆明的學生生活、談他景仰的老師金岳霖。有時候，在黑夜無邊的寂靜中，他從外面回來，只聽見他沉沉的腳步聲，然後咔嚓一下關房門的聲音。不一會兒，他就端著奶色的瓷杯，一步步走來，走到我們房門口：「我——我可不可以進來坐一坐？」母親看到殷海光總是很高興的，招呼他坐在我家唯一的藤椅上。他淺淺啜著咖啡（咖啡也是西化吧），也許一句話也不說，坐一會兒就走了。也許又娓娓談起來。他說話的聲調隨情緒而變化，有時如長江大河，一瀉千里，有時又如春風，徐徐撩來。

他談到昆明的天：很藍，很美，飄著雲。昆明有高原的爽朗和北方的樸實。駝鈴從蒼蒼茫茫的天邊蕩來，趕駱駝的人臉上帶著笑。我們剛從北平搬到昆明，上一代的文化和精神遺產還沒有受到損傷，戰爭也還沒有傷到人的元氣。人和人之間交流著一種精神和情感，教人非常舒暢。我有時候坐在湖邊思考，偶爾有一對情侶走過去，我就想著未來美好的世界。月亮出來了，我沿著湖散步，一個人走到天亮。下雪了，我赤背袒胸，一個人站在曠野裡，雪花飄在身上。

他也常常感時傷事：現在的人，大致可分三種：一種是糞坑裡的蛆，一天到晚逐臭地活著。一種是失掉人性的軀殼，只是本能地生存著，沒有笑，沒有淚，沒有愛，也沒有恨。還有一種人生活在精神境界裡，用毅力和信心保護自己。物質的世界是狹小的，充滿欺詐和各種利害衝突。只有在精神世界裡，才能開拓無限樂土，自由自在，與世無爭。

殷海光說西方文化的好處之一是線條清楚，不講面子。他向我家借三塊錢，收到稿費，必定鄭重其事雙手奉還。我家向他借三塊錢，他就會問：幾時還？下星期三我要買書。母親說：星期二一定還。他才借給我們三塊錢，否則，下次休想再借。有朋友就那樣子碰過一鼻子灰。

他又說西方文化另一好處是人有科學頭腦，講究分析。他論事論人，鋒利冷酷，一層一層剝開來分析。因爲沒有惡意，所以不傷人。有天晚上，他和幾個朋友在我家聊天。他興致來了，把在座的牛鬼蛇神全分析出來了，講了一個通宵。他指著一個人的鼻子，斬釘截鐵地下了一句結論：你是一團泥巴！那團泥巴哭喪臉跟著我們哈哈大笑。

你批評他？也可以，只要你有道理。母親常常指點他說：殷先生呀，你實在不通人情！他仰天大笑。有一天，母親向他借一個多餘的空玻璃瓶，他繃著臉，煞有介事地：不借！我衝口而出：實在可惡！他哈哈大笑。我回頭說：我在說你呀！他又大笑一聲，咚的一下把門關上了。

他住在松江路時，還沒結婚。夏君璐在臺灣大學農學院讀書，靈秀淡雅，堅定的側影，兩條烏黑的辮子，一身清新氣息。他們在大陸時已訂婚，她常在週末來看殷海光。只要她在座，他總是微笑著，很滿足，很嚴肅——愛情就是那個樣子嘛，他準會那麼說。當然，沒人和他談過這件事。那是他生活中最神聖、最隱祕的一面，而且，西方文化，要尊重人的私生活嘛。當時我只是暗自好笑：殷海光在夏君璐面前就老實了。多年以後，我才了解：他年輕妻子堅如磐石的愛心，忍受苦難的精神力量，早在她少女時代，就把殷海光怔住了。日後他在臺灣長期受迫害的生活中，她是他精神世界主要的支柱，是唯一幫助他在狹小的空間開闢無限樂土的人，將幽禁殷海光的溫州街小木屋神化爲他夢想的大莊園。她是一位了不起的女子。

殷海光談到他夢想的莊園，眼睛就笑亮了：我有個想法，你們一定喜歡。我夢想有一天，世界上有一個特出的村子，住在那兒的人全是文學家、藝術家、哲學家。我當然是哲學家咯！殷海光哈哈大笑，繼續說：我的職業呢？是花匠，專門種高貴的花。那個村子裡，誰買到我的花，就是最高的榮譽。我眞想發財！他哈哈大笑。殷海光想發財！只因爲有了錢才造得起一個莊園呀！大得可以供我散步一小時。莊園邊上環繞密密的竹林和松林，隔住人的噪音。莊園裡還有個圖書館，專存邏輯分析的書籍。凡是有我贈送借書卡的人，都可以進去自由閱讀。但是，這樣的人不能超過二十個，人再多就受不了了。他皺皺眉頭。

母親說：我們搬來的時候，還怕你不歡迎呢！

你們這一家，我還可以忍受。他調侃地笑笑。換另一家人就不保險了。你們沒搬來以前，我有一隻小白貓。我在園子裡種花，牠就蹲在石階上曬太陽。我看書，牠就趴在我手臂上睡覺。我不忍驚動牠，動也不敢動，就讓牠睡下去。無論怎麼窮，我一定要買幾兩小魚，沖一杯牛奶餵牠。後來，小貓不見了。我難過了好久。現在又有這隻小貓了！他微笑著撩起薇薇搭在眼瞼上的一抹頭髮，思索了一會兒。人眞是很奇怪的動物，像刺蝟一樣，太遠，很冷，太近，又刺人。在我那莊園上，我還要修幾棟小房子，不能離得太近，愈遠愈好。那幾棟小房子，我送給朋友們。

送不送我們一棟？我笑著問。竹林邊上那一棟，怎麼樣？你和夏小姐每天下午散步來我們家喝咖啡，Maxwell咖啡，你的咖啡。

好！就是竹林邊上那一棟！

殷海光在園子裡種花，母親就帶著薇薇和藍藍坐在臺階上和他聊天。他的花特別嬌嫩。夏天，他用草蓆爲花樹搭起涼棚。風雨欲來，他將花一盆盆搬到房中。八個榻榻米的一間房，是書房，臥房，起坐間，儲藏室，也是雨天的花房！他有時也邀我們雨天賞花。否則，非請莫入。一走進他的房間，就看見窗下一張氣宇軒昂的大玻璃書桌，最底下的一個抽屜不知到哪兒去了，露出一個寒酸的大黑洞。桌上一小盆素蘭，一個粉紅小碟盛著玲瓏小貝殼。書桌旁一張整潔的行軍床。靠牆兩張舊沙發，中間一張小茶几，茶几上或是一盆珠蘭，或是一瓶素菊。沙發旁的小架子上，一個淡檸檬黃花瓶，永遠有一大束丰姿綽約的鮮花，從他園子裡採來的。靠牆一排書架，穩穩排列著一部部深厚色調的精裝書。除了幾部與文學有關和普通理論書籍之外，其它的書對我而言，都是天書，七古八怪的符號，作者是什麼Whitehead呀，Quine呀，那些書是絕不借人的。書和花就是他的命。那幾件家具呢？發了財，劈成柴火燒掉！他講的時候的確很生氣。

殷海光每天早上到巷口小鋪喝豆漿。

聶伯母，沒有早點錢了。明天拿了稿費一定還。他向我母親借錢。

母親笑了：殷先生呀，下次有了稿費，在你荷包裡留不住，就交給我保管吧，不要再買書買花了。

他接過錢，自顧自說：書和花，應該是作爲一個人應該有的起碼享受。憤憤不平地咚咚走開了。

他除了去臺灣大學教課之外，很少外出。假若突然不見了，你一定會看到他捧著一束鮮花，挾著一本本硬邦邦的新書，提著一包包沙利文小點心，坐在舊三輪車上，從巷口輕鬆蕩來，笑咪咪走進斑駁的綠色木門。

殷先生，你又拿到稿費啦！母親劈頭一聲大叫，彷彿抓著了逃學的孩子。記不記得？今天早上你還沒有早點錢！

他仰天大笑，快活得像個孩子。進了屋，贖罪似的，請我們三代人到他房裡去喝咖啡吃點心。兩張舊沙發必定讓給母親和我坐。尊重婦女嘛，西方文化。薇薇在房門口脫下鞋子說：羅素的小朋友也赤腳。殷海光大笑一聲，塞一塊小可可餅在她嘴裡，抱起她直叫：乖兒子。藍藍坐在我身上等著吃點心。他嫌她太安靜了，對她大叫一聲：木瓜！她哇的一聲哭起來，他就塞一塊小椰子餅在她嘴裡。他咚咚走出走進，在廚房熬Maxwell咖啡。一直到現在，我還認爲Maxwell是世界上頂香的咖啡。

花香，書香，咖啡香，再加上微雨黃昏後，就是說羅素的時候了。羅素可不是隨隨便便談的。天時，地利，人和，都得配合才行。有天晚上，殷海光拿來《羅素畫傳》給我們看。他正要將書遞給我，突然來了一位不速之客。他連忙將書從我手裡搶了過去，目不旁視，繃著臉走了出去。

現在，時候到了，氣氛有了。我、母親、一個小孩，哪懂羅素？沒關係。羅素不在乎，殷海光也不在乎。人能通就行。他常用那個通字來形容人與人之間的關係。他從書架上捧下羅素的書，還有《羅素畫傳》。畫傳可眞是好看。石砌的矮牆，牆外野草深深，翳翳松影裡，一幢古樸小屋，那就是羅素在菲斯亭尼俄谷的夏天別墅。石板路，幾件落葉，深沉的庭院中，蹲著小小的羅素和狗。草地上，羅素望著騎驢子的小孩。白花花的陽光，羅素拿著煙斗，站在石階前，望著妻子懷裡的孩子。羅素夫人依窗沉思，恬靜智慧的眼睛望著窗外，彷彿她隨時要推開窗子飛出去。

你把書帶回去看吧。殷海光慷慨地說。這本書可不是隨便借人的啊——那長長一聲揚起的啊就表示茲事體大。

殷海光的朋友不多，到松江路來訪的多半是他的得意門生。夏道平和劉世超有時在傍晚從和平東路散步到松江路來看他。他不一定請客入室。有的人連大門也沒進，只是靠著野草蔓生的大門，三言兩語，一陣哈哈，拂袖而去。有的朋友就站花園子裡，看他將平日存下的臭罐頭、酸牛奶、爛水果皮埋在花樹下，一面和他談話。他有時和客人坐在臺階上，一人捧一個烤紅薯，談邏輯，談數學，談羅素，談最近在外國邏輯雜誌上發表的論文。偶爾他也請客入室，席地而坐，一小壺咖啡，一小盤沙利文點心。那樣的場合，多半是談更嚴肅的學術、思想問題。

我剛在中央大學畢業，到臺灣後開始寫作。殷海光是第一個鼓勵我的人。一九五二年，胡適第一次從美國到臺灣，雷震先生要我去機場獻花，我拒絕了。殷海光拍桌大叫：好！你怎麼可以去給胡適獻花！你將來要成作家的呀！我倒不是因爲要成作家才不去給胡適獻花，只是因爲靦腆不喜公開露面。殷海光那一聲好叫得我一驚。

你當然可成作家！他望著我抱著的嬰兒薇薇：尿布裡可出不了作家呀！他笑著指點我：你是個聰明女子，寫下去呀！他頓了一下，望著我說：嗯，一江春水向東流。說完仰天大笑，頭一扭，轉身走了。

我那時窮得連一支自來水筆也買不起，用的是沾水鋼筆。一天，殷海光領到稿費，買了一支派克鋼筆，給我母親看。

她笑了：殷先生，你這個人呀！原來那支筆不是好好的嗎？你褲子破了，襪子破了，早就應該丟進垃圾堆了！眼巴巴望來的一點稿費，又買支筆！

舊筆，可以送人嘛。他走回房拿出舊派克，結結巴巴對我說：這——這支筆，要不要？舊是舊，我可寫了幾本書了。你拿去寫作吧。

我感動得連聲說：我就需要這樣一支筆！我就需要這樣一支筆！

第二天晚飯後，他在我們房中走來走去，坐立不安，終於吞吞吐吐對我稅：有件事和你商量一下，可以嗎？

我以爲他要我幫忙解決什麼難題，問他：什麼事？

可不可以，可不可以，把你的筆和我的筆交換一下？

我大笑：兩支筆全是你的呀！

不，給了你，就是你的。再要回來，不禮貌。我，我，還是喜歡那支舊筆。我用了好多年了。

我把舊筆還給他。

謝謝！他那鄭重口吻，倒像是我送了他一件極珍貴的禮物。

一九四九年四月，我和正路（作者夫婿）終於從北京到了武漢，又帶著母親弟妹從武漢去廣州。在粵漢鐵路工作的好友李一心和劉光遠夫婦決定不走，將他們粵漢鐵路眷屬的火車票送給我們。那是從武漢去廣州的最後一班火車。倉卒收拾行裝，抓頭不是尾，竟抓了幾個枕頭和衣架，抓了唯一有價值的是爺爺的寶貝——朱熹寫的〈游晝寒詩〉。古色古香的金黃緞子書套，紫檀木夾板，刻著「朱文正公遺跡」。黃色紙地，白絹鑲邊，朱熹龍飛鳳舞寫著：

仙洲幾千仞，下有雲一谷。道人何年來，借地結茅屋。

想應厭塵網，寄此媚幽獨。架亭俯清湍，開徑玩飛瀑。

交游得名勝，還往有篇牘。杖屨或鼎來，共此岩下宿。

夜燈照奇語，曉策散游目。茗碗共甘寒，蘭皋薦清馥。
至今壁間字，來者必三讀。再拜仰高山，憮然心神肅。
我生雖已後，久此寄齋粥。孤興屢呻吟，群游幾追逐。
十年落塵土，尚幸不復遠。新涼有佳期，幾日戒征軸。
霄興出門去，急雨遍原陸。入谷尚輕埃，解裝已銀竹。
虛空一瞻望，遠思翻蹙恧。袒跣亟躋攀，冠巾如膏沐。
雲泉增舊觀，怒響震寒木。深尋得新賞，一蕢今再覆。
同來況才彥，行酒屢更僕。從容出妙句，殊貝爛盈匊。
後生更亹亹，峻語非碌碌。吾纓不復洗，已失塵萬斛。
所恨老無奇，千毫眞浪禿。

一九五四年，殷海光去哈佛大學作訪問學人。我和母親突然想到我家的爺爺的寶貝。母親將寶貝拿出擺在桌上，又將殷海光請到我們房中。

殷先生，嗯——。母親笑了一下，不知如何啓口。有件事，請你幫個忙。可不可以？

那要看是什麼事。

有一幅朱熹寫的字，我們老太爺當寶貝，看一次就叫一聲：好呀！搖頭晃腦大聲吟起來。聶家只剩下這一件家當了。也是太窮了。人總不能端著金碗當叫化吧。

殷海光逐漸有了笑意。聶伯母，你要我帶到美國去賣掉？

對。賣的錢，你得十分之一。我連忙說：線條清楚！我套用一句殷海光的口頭禪。朱熹的眞跡呀！你看這詩，書法，裝幀，不僅有學術研究價值，還是件藝術品呀。

請問。殷海光冷靜地。你能斷定這是朱熹的眞跡嗎？

哎呀，喏！上面還有歷代收藏家鑒印和評語。眞德秀評：考亭夫子書宗魏晉，雄秀獨超，自非國朝四家所可企及。周伯琦評：道義精華之氣渾渾灝灝自理窟中流出。還有，還有！入首數行。骨在肉中，趣在法外，中間鼓舞飛動，終篇則如花散朗，如石沉著。

甲子歲暮以事玉燕。購於張文傳先生，如獲連城。

題後數言，祕之莢笥，不肯使墨林俗子一見也。

這兩行是我爺爺寫的呀！你再看看這些不同時代的鑑印。深深淺淺的印色，有的已經模糊了，有的還清楚。這些會是假的嗎？

殷海光似信非信地點點頭。好吧，我帶去，要人先鑑定一下。哈佛東方研究所一定有人懂得這些玩意兒。

他去美國以後，我和母親天天焦灼地盼望他的來信。他第一封信說已將寶貝請哈佛東方研究所一位教授鑑定去了，並說他們很感興趣。我們一家人非常高興，各做各的發財夢。我的夢是遊手好閒，讀書，寫作，瀟瀟灑灑過日子。臺灣郵差每天早晚送信兩次，我和母親每天就緊張兩次。郵差自行車在門前咔嚓一聲停下，將信扔進信箱，我和母親就跑出去搶著開信箱。好不容易盼到殷海光第二封信，是兩個月以後的事了。

聶伯母：

前信已提及寶貝由哈佛大學東方研究所的教授鑑定去了。這些日子我等得好不心焦，但又不便表示焦灼的樣子。別人怎了解這件寶貝茲事體大，不但府上每人寄於無限熱望與夢想，就是我這個外人也可分享十分之一的利益，將來返臺靠此結婚成家呢！今晨我去看那位教授，他把寶貝拿了出來，半晌微笑不語。我捺著性子問：怎麼樣？他吞吞吐吐，只是說，這個——嗯——這個——又把頭搖幾下。我立刻心裡一怔，心想：糟了。我脫口而出：假的？他點點頭，於是乎拿出考證的卡片。今一併附上。別人是用科學方法鑑定，萬無一失。聶伯母，如果您老不甘心，還要拿到日本去鑑定，也未嘗不可。不過，基於道義的理由，我要就便告訴您老：日本的漢學水準一定不比美國的哈佛差。萬一又考證出正身，再賠掉好幾塊美金的郵費，可就損失更大了。你們一定很傷心。我當時也很傷心。但現在想起來令人失笑。我抱著寶貝回來時，天正下著大雨，我在雨地行軍，寶貝似乎愈來愈重，而雨越下越大。回來啊！呢帽變成水帽，重約數磅：鞋子成了水袋，咯吱咯吱：大衣也濕透了。我趕快全脫下，放在熱水汀上烘烤。而人呢？坐在沙發上，好不慘然，心想：這輩子要做王老五了。我又怕因此受寒生病，因波士頓比北平還冷。美國醫院特貴，倘若生病，我豈不要損失慘重！後來趕快用熱水大洗一頓。還好，沒有出毛病。吱，多麼可悲又可笑的人生！不過，不管天翻地覆，我們總得活下去，不能再盼望奇蹟了。寶貝由臺來美，一路使我緊張萬分。現在我得請它閣下先行返臺了，今已付郵寄上。包裹單「價値」一項，我塡的是「無價之寶」。

殷海光和我母親之間有一分動人的感情。一九五二年春弟弟漢仲在嘉義飛行失事。我接到消息，忍住悲痛，瞞著母親。總有一天靈敏的母親會發現漢仲完了。殷海光就爲她做心理準備工作。每天黃昏，必定邀她出去散步。那時的松江路四周還是青青田野，他們一面散步，一面聊天。談生死哀樂，談戰亂，談生活瑣事，談宗教——殷海光那時並不信教。（他信奉宗教，還是多年以後，他去世以前的事。大概是受了他夫人夏君璐的感召。）這一類的談話，都只為要在母親精神和心理上加一道防線，防禦終歸來臨的喪子之痛。日日黃昏，他就那樣子充滿耐心和愛心看護了我母親六個月！

他和夏君璐結婚之後，一九五六年，他們搬到溫州街臺大的房子，兩家就很少見面了。我和母親帶著兩個孩子去看過他們。殷海光正在園子裡挖池子，造假山，要把一個荒蕪的小園子造成假想的大莊園。他有了一個幸福的家，看起來很恬靜。但他那沉思的眼睛仍然透露了他憂民的心情。

一九六〇年，雷震先生等四人被捕，「自由中國」被封。我住屋附近總有人來回徘徊。警總借口查戶口，深夜搜查我家好幾次。據說殷海光本來也在被捕的名單上，警總動下抓人的前一刻，才把他名字取消了。當時我們並不知道。我和母親非常擔心他的安全。每天早上，一打開報紙，就看有沒有殷海光的名字。沒料到他和夏道平、宋文明突然在報上發表公開聲明，宣稱他們在「自由中國」登出的文章自負文責。殷海光寫的許多篇社論幾乎都是雷案中「鼓動暴動」「動搖人心」的文章。我們也聽說殷宅附近日夜有人監視。一直到胡適由美返臺前夕，「自由中國」劫後餘生的幾個編輯委員才見面。那時雷先生已判刑，以莫須有的「煽動叛亂罪」判決有期徒刑十年，大家見面，欲哭無淚，沉痛，絕望。殷海光緊鎖眉頭，一句話也沒說。有人提議去看胡適，他只是沉沉搖幾下頭，也沒說話。大家要探聽胡適對雷案究竟是什麼態度，一起去南港看胡適。殷海光也去了，仍然不說話。胡適閒閒的微笑，模稜兩可的談吐，反襯出殷海光作爲一個中國知識分子的深沉悲哀。

一九六二年夏天，母親因患肺癌住進臺大醫院。「自由中國」於一九六〇年被封以後，殷海光兩年沒上街了。

一天下午，母親房門口突然沉沉一聲：聶——伯——母——。

竟是殷海光站在那兒！他的頭髮全白了。母親看到他，焦黃的臉笑開了。他坐在床前椅子上，兩眼全神盯著母親，沒說一句話，勉強微笑著。

母親非常激動，但已無力表達任何情緒了，只是微笑著拍拍他的手說：你來了，我很高興。我會好的。我好了，一定請你們全家到松江路來吃飯。不要醬油，不要辣椒。

好。他勉強笑了一下。

他就坐在那兒望著母親，彷彿不知道如何應付苦鬥一輩子、熱望活下去、不得不撒手的我的母親。

聶伯母，我，我，我得走了。他笨拙地站起身，站在床前，盯著兩眼望著她，望那最後一眼。聶——伯——母，好——好——保——重。一個字、一個字說出，沉甸甸地。

我送他走到醫院大門口。

好久沒上街了，上街有些惶惶的。他對我說。

你知道怎麼回家嗎？我問。

我想我知道吧。他自嘲地笑笑，低頭沉默了一下。唉，聶伯母，唉。我再來看她。

你來看她，對她很重要。但是，請不要再來了。

來看聶伯母，對我也很重要。

殷海光在一九六〇年雷案發生以後，不斷受到特務騷擾，後來特務竟明目張膽到他家裡去，精神折磨得他拍桌大吼：你們要抓人，槍斃人，我殷海光在這兒！

他於一九四九年一到臺灣就應傅斯年校長之聘，在臺灣大學哲學系教課，非常受學生愛戴，一九六七年，被禁止教課，幽禁在特務的監視下。

殷海光一生不斷地探索，焦慮的思索，思想道路不斷地演變。他崇尚西方文化，但在多年以後，他開始對中國傳統文化重新估價，逐漸承認傳統的價值了。在他生命的最後一刻，他斷斷續續地說：「中國文化不是進化而是演化，是在患難中的積累，積累得異樣深厚。我現在才發現，我對中國文化的熱愛。希望再活十五年，爲中國文化盡力。」

一九六九年九月十六日，殷海光終於放下文化的重擔，撒手長逝了，只有五十歲。

殷海光是二十世紀五十到七十年代臺灣文化界有名的自由主義者。他平日為學做人都非常刻板，但為文批評時政，則議論有力，一片熱情。他在「自由中國」雜誌主持筆政時，成為當政者注目的人物，因此遭到一次又一次的干擾，最後以四十九歲的年齡去世。

這樣的人物是很難寫的，但本文卻超越政治，活生生的把殷海光呈現出來，有血有肉，讓人感到溫暖。這可能才是最真實的殷海光。

作者聶華苓（一九二六～），湖北人，留美女作家，為美國艾荷華大學國際作家組織創辦人保羅・安格爾的夫人。著有《桑青與桃江》《千山外水長流》《三生三世》《失去的金鈴子》等。

樹猶如此

白先勇

我家後院西隅近籬笆處曾經種有一排三株義大利柏樹。這種義大利柏樹（Italian cypress）原本生長於南歐地中海畔，與其它松柏皆不相類。樹的主幹筆直上伸，標高至六、七十呎，但橫枝並不恣意擴張，兩人合抱，便把樹身圈住了。於是擎天一柱，平地拔起，碧森森像座碑塔，孤峭屹立，甚有氣勢。南加州濱海一帶的氣候，溫和似地中海，這類義大利柏樹，隨處可見。有的人家，深宅大院，柏樹密植成行，遠遠望去，一片蒼鬱，如同一堵高聳雲天的牆垣。

我是一九七三年春遷入「隱谷」這棟住宅來的。這個地區叫「隱谷」（Hidden Valley），因爲三面環山，林木幽深，地形又相當隱蔽，雖然位於市區，因爲有山丘屏障，不易發覺。當初我按報上地址尋找這棟房子，彎彎曲曲，迷了幾次路才發現，原來山坡後面，別有洞天，谷中隱隱約約，竟是一片住家。那日黃昏驅車沿著山坡駛進「隱谷」，迎面青山綠樹，只覺得是個清幽所在，萬沒料到，谷中一住迄今，長達二十餘年。

巴薩隆那道（Barcelona Drive）九百四十號在斜坡中段，是一幢很普通的平房。人跟住屋也得講緣分，這棟房子，我第一眼便看中了，主要是爲著屋前屋後的幾棵大樹。屋前一棵寶塔松，龐然矗立，頗有年份，屋後一對中國榆，搖曳生姿，有點垂柳的風味，兩側的灌木叢又將鄰舍完全隔離，整座房屋都有樹蔭庇護，我喜歡這種隱遮在樹叢中的房屋，而且價錢剛剛合適，當天便放下了定洋。

房子本身保養得還不錯，不須修補。問題出在園子裡的花草。屋主偏愛常春藤，前後院種滿了這種藤葛，四處竄爬。常春藤的生命力強韌驚人，要拔掉煞費工夫，還有雛菊、罌粟、木槿都不是我喜愛的花木，全部根除，工程浩大，絕非我一人所能勝任。幸虧那年暑假，我中學時代的摯友王國祥從東岸到聖芭芭拉來幫我，兩人合力把我「隱谷」這座家園，重新改造，遍植我屬意的花樹，才奠下日後園子發展的基礎。

王國祥那時正在賓州州立大學做博士後研究，只有一個半月的假期，我們卻足足做了三十天的園藝工作。每天早晨九時開工，一直到傍晚五、六點鐘才鳴金收兵，披荊斬棘，去蕪存菁，消除了幾卡車的廢枝雜草，終於把花園理出一個輪廓來。我與國祥都是生手，不慣耕勞，一天下來，腰痠背痛。幸虧聖芭芭拉夏天涼爽，在和風煦日下，胼手胝足，實在算不上辛苦。

聖芭芭拉附近產酒，有一家酒廠碾製一種杏子酒（Aprivert），清香甘洌，是果子酒中的極品，冰凍後，特別爽口。鄰舍有李樹一株，枝椏一半伸到我的園中，這棵李樹眞是異種，是牛血李，肉紅汁多，味甜如蜜，而且果實特大。那年七月，一樹纍纍，掛滿了小紅球，委實誘人。開始我與國祥還有點顧忌，到底是人家的果樹，光天化日之下，採摘鄰居的果子，不免心虛。後來發覺原來加州法律規定，長過了界的樹木，便算是這一邊的產物。有了法律根據，我們便架上長梯，國祥爬上樹去，我在下面接應，一下工夫，我們便採滿了一桶殷紅光鮮的果實。收工後，夕陽西下，清風徐來，坐在園中草坪上，啜杏子酒，啖牛血李，一日的疲勞，很快也就消除了。

聖芭芭拉（Santa Barbara）有「太平洋的天堂」之稱，這個城的山光水色的確有令人流連低迴之處，但是我覺得這個小城的一個好處是海產豐富：石頭蟹、硬背蝦、海膽、鮑魚，都屬本地特產，尤其是石頭蟹，殼堅、肉質細嫩鮮甜，還有一雙巨螯，眞是聖芭芭拉的美味。那個時候美國人還不很懂得吃帶殼螃蟹，碼頭上的漁市場，生猛螃蟹，團臍一元一隻，尖臍一隻不過一元半。王國祥是浙江人，生平就好這一樣東西，我們每次到碼頭漁市，總要攜回四、五隻巨蟹，蒸著吃。蒸蟹第一講究是火候，過半分便老了，少半介又不熟。王國祥蒸螃蟹全憑直覺，他注視著蟹殼漸漸轉紅叫一聲「好！」將螃蟹從鍋中一把提起，十拿九穩，正好蒸熟。然後佐以薑絲米醋，再燙一壺紹興酒，那便是我們的晚餐。那個暑假，我和王國祥起碼饕掉數打石頭蟹。那年我剛拿到終身教職，《臺北人》出版沒有多久。國祥自加大柏克萊畢業後，到賓州州大去做博士後研究是他第一份工作，那時他對理論物理還充滿了信心熱忱，我們憧憬人生前景，是金色的，未來命運的凶險，我們當時渾然未覺。

園子整頓停當，選擇花木卻頗費思量。百花中我獨鍾情茶花。茶花高貴，白茶雅潔，紅茶穠麗，粉茶花俏生生、嬌滴滴，自是惹人憐惜。即使不開花，一樹碧亭亭，也是好看。茶花起源於中國，盛產雲貴高原，後經歐洲才傳到美國來。茶花性喜溫濕，宜酸性土，聖芭芭拉恰好屬於美國的茶花帶，因有海霧調節，這裡的茶花長得分外豐蔚。我們遂決定，園中草木以茶花爲主調，於是遍搜城中苗圃，最後才選中了三十多株各色品種的幼木。美國茶花的命名，有時也頗具匠心：白茶叫「天鵝湖」，粉茶花叫「嬌嬌女」，有一種紅茶名爲「艾森豪威爾將軍」——這是十足的美國茶，我後院栽有一棵，後來果然長得偉岸嶔崎，巍巍然有大將之風。

花種好了，最後的問題只剩下後院西隅的一塊空地，屋主原來在此搭了一架鞦韆，架子撤走後便留空白一角。因爲地區不大，不能容納體積太廣的樹木，王國祥建議：「這裡還是種Italian cypress吧。」這倒是好主意，義大利柏樹占地不多，往空中發展，前途無量。我們買了三株幼苗，沿著籬笆種了一排。剛種下去，才三、四呎高，國祥預測：「這三棵柏樹長大，一定會超過你園中其它的樹！」果真，三棵義大利柏樹日後抽發得傲視群倫，成為我花園中的地標。

十年樹木，我園中的花木，欣欣向榮，逐漸成形。那期間，王國祥已數度轉換工作，他去過加拿大、又轉德州。他的博士後研究並不順遂，理論物理是門高深學問，出路狹窄，美國學生視為畏途，唸的人少，教職也相對有限，那幾年美國大學預算緊縮，一職難求，只有幾家名校的物理系才有理論物理的職位，很難擠進去，亞利桑拿州立大學曾經有意聘請王國祥，但他卻拒絕了。當年國祥在臺大選擇理論物理，多少也是受到李政道、楊振寧獲得諾貝爾獎的鼓勵。後來他進柏克萊，曾跟隨名師，當時柏克萊物理系竟有六位諾貝爾獎得主的教授。名校名師，王國祥對自己的研究當然也就期許甚高。當他發覺他在理論物理方面的研究無法達成重大突破，不可能做一個頂尖的物理學家，他就斷然放棄物理，轉行到高科技去了。當然，他一生最高的理想未能實現。這一直是他的一個隱痛。後來他在洛杉磯休斯（Hughes）公司找到一份安定工作，研究人造衛星。波斯灣戰爭，美國軍隊用的人造衛星就是休斯製造的。

那幾年王國祥有假期常常來聖芭芭拉小住。他一到我家，頭一件事便要到園中去察看我們當年種植的那些花木。他隔一陣子來，看到後院那三株義大利柏樹，就不禁驚嘆：「哇，又長高了好多！」柏樹每年升高十幾尺，幾年間，便標到了頂，成爲六、七十尺的巍峨大樹。三棵中又以中間那棵最爲茁壯，要高出兩側一大截，成了一個山字形。山谷中，濕度高，柏樹出落得蒼翠欲滴，夕照的霞光映在上面，金碧輝煌，很是醒目。三四月間，園中的茶花全部綻放，樹上綴滿了白天鵝，粉茶花更是嬌艷光鮮。我的花園終於春意盎然起來。

一九八九年，歲屬蛇年，那是個凶年，那年夏天，中國大陸發生了天安門「六四」事件，成千上百的年輕生命瞬息消滅。那一陣子天天看電視全神貫注事件的發展，很少到園中走動。有一天，我突然發覺後院三棵義大利柏樹中間那一株，葉尖露出點點焦黃來。起先我以爲暑天乾熱，植物不耐旱，沒料到才幾天工夫，一棵六、七十呎的大樹，如遭天火電殛，驟然間通體枯焦而亡。那些針葉，一觸便紛紛斷落，如此孤標傲世風華正茂的長青樹，數日之間竟至完全壞死。奇怪的是，兩側的柏樹卻好端端的依舊青蒼無恙，只是中間赫然豎起槁木一柱，實在令人觸目驚心，我只好教人來把枯樹砍掉拖走。從此，我後院的西側，便出現了一道缺口。柏樹無故枯亡，使我鬱鬱不樂了好些時日，心中總感到不祥，似乎有什麼奇禍即將降臨一般，沒有多久，王國祥便生病了。

那年夏天，國祥一直咳嗽不止，他到美國二十多年，身體一向健康，連傷風感冒也屬罕有。他去看醫生檢查，驗血出來，發覺他的血紅素竟比常人少了一半，一公升只有六克多。接著醫生替他抽骨髓化驗，結果出來後，國祥打電話給我：「我的舊病又復發了，醫生說，是『再生不良性貧血』。」國祥說話的時候，聲音還很鎮定，他一向臨危不亂，有科學家的理性與冷靜，可是我聽到那個長長的奇怪病名，就不由得心中一寒，一連串可怕的記憶，又湧了回來。

許多年前，一九六〇年的夏天，一個清晨，我獨自趕到臺北中心診所的血液科去等候化驗結果，血液科主任黃天賜大夫出來告訴我：「你的朋友王國祥患了『再生不良性貧血』。」那是我第一次聽到這個陌生的病名。黃大夫大概看見我滿面茫然，接著對我詳細解說了一番「再生不良性貧血」的病理病因。這是一種罕有的貧血症，骨髓造血機能失調，無法製造足夠的血細胞，所以紅血球、血小板、血紅素等統統偏低。這種血液病的起因也很複雜，物理、化學、病毒各種因素皆有可能。最後黃大夫十分嚴肅的告訴我：「這是一種很嚴重的貧血症。」的確，這種棘手的血液病，迄至今日，醫學突飛猛進，仍舊沒有發明可以根除的特效藥，一般治療只能用激素刺激骨髓造血的機能。另外一種治療法便是骨髓移植，但是臺灣那個年代，還沒有聽說過這種事情。那天我走出中心診所，心情當然異常沉重，但當時年輕無知，對這種病症的嚴重性並不眞正了解，以爲只要不是絕症，總還有希望治癒。事實上，「再生不良性貧血」患者的治癒率，是極低極低的，大概只有百分之五的人，會莫名其妙自己復元。

王國祥第一次患「再生不良性貧血」時在臺大物理系正要上三年級，這樣一來只好休學，而這一休便是兩年。國祥的痛勢開始相當險惡，每個月都需到醫院去輸血，每次起碼五百ＣＣ。由於血小板過低，凝血能力不佳，經常牙齦出血，甚至眼球也充血，視線受到障礙。王國祥的個性中，最突出的便是他爭強好勝，永遠不肯服輸的戇直脾氣，是他倔強的意志力，幫他暫時抵擋住排山倒海而來的病災。那時我只能在一旁替他加油打氣，給他精神支持。他的家已遷往臺中，他一個人寄居在臺北親戚家養病，因爲看醫生方便。常常下課後，我便從臺大騎了腳踏車去潮州街探望他，那時我剛與班上同學創辦了「現代文學」，正處在士氣高昂的奮亢狀態，我跟國祥談論的，當然也就是我辦雜誌的點點滴滴。國祥看見我興致勃勃，他也是高興的，病中還替「現代文學」拉了兩個訂戶，而且也成爲這本雜誌的忠實讀者。

事實上王國祥對「現代文學」的貢獻不小，這本賠錢雜誌時常有經濟危機，我初到加州大學當講師那幾年，因爲薪水有限，爲籌雜誌的印刷費，經常捉襟見肘。國祥在柏克萊唸博士拿的是全額獎學金，一個月有四百多塊生活費。他知道我的困境後，每月都會省下一兩百塊美金寄給我接濟「現代文學」，而且持續了很長一段時間。他的家境不算富裕，在當時，那是很不小的一筆數目。如果沒有他長期的「經援」，「現代文學」恐怕早已停刊。

我與王國祥十七歲結識，那時我們都在建國中學唸高二，一開始我們之間便有一種異姓手足禍福同當的默契。高中畢業，本來我有保送臺大的機會，因爲要唸水利，夢想日後到長江三峽去築水壩，而且又等不及要離開家，追尋自由，於是便申請保送臺南成功大學，那時只有成大才有水利系。王國祥也有這個念頭，他是他們班上的高材生，考臺大，應該不成問題，他跟我商量好便也投考成大電機系。我們在學校附近一個軍眷村裡租房子住，過了一年自由自在的大學生活，後來因爲興趣不合，我重考臺大外文系，回到臺北。國祥在成大多唸了一年，也耐不住了，他發覺他眞正的志向是研究理論科學，工程並非所好，於是他便報考臺大的轉學試，轉物理系。當年轉學，轉系又轉院，難如登天，尤其是臺大，王國祥居然考上了，而且只錄取了他一名。我們正在慶幸，兩人懵懵懂懂，一番折騰，幸好最後都考上與自己興趣相符的校系。可是這時王國祥卻偏偏遭罹不幸，患了這種極爲罕有的血液病。

西醫治療一年多，王國祥的病情並無起色，而治療費用的昂貴已使得他的家庭日漸陷入困境，正當他的親人感到束手無策的時刻，國祥卻遇到了救星。

他的親戚打聽到江南名醫奚復一大夫醫治好一位韓國僑生，同樣也患了「再生不良性貧血」，病況還要嚴重，西醫已放棄了，卻被奚大夫治癒。我從小看西醫，對中醫不免偏見。奚大夫開給國祥的藥方裡，許多味草藥中，竟有一劑犀牛角，當時我不懂得犀牛角是中藥的涼血要素，不禁嘖嘖稱奇，而且小小一包犀牛角粉，價值不菲。但國祥服用奚大夫的藥後，竟然一天天好轉，半年後已不需輸血。很多年後，我跟王國祥在美國，有一次到加州聖地牙哥世界聞名的動物園去觀覽百獸，園中有一群犀牛族，大大小小七隻，那是我第一次眞正看到這種神奇的野獸，我沒想到近距離觀看，犀牛的體積如此龐大，而且皮之堅厚，似同披甲戴鎧，鼻端一角聳然，如利斧朝天，神態很是威武。大概因為犀牛角曾治療過國祥的病，我對那一群看來凶猛異常的野獸，竟有一份說不出的好感，在欄前盤桓良久才離去。

我跟王國祥都太過樂觀了，以為「再生不良性貧血」早已成為過去的夢魘，國祥是屬於那百分之五的幸運少數。萬沒料到，這種頑強的疾病，竟會潛伏二十多年，如同酣睡已久的妖魔，突然甦醒，張牙舞爪反撲過來。而國祥畢竟已年過五十，身體抵抗力比起少年時，自然相差許多，舊病復發，這次形勢更加險峻。自此，我與王國祥便展開了長達三年，共同抵禦病魔的艱辛日子，那是一場生與死的搏鬥。

鑑於第一次王國祥的病是中西醫合治醫好的，這一次我們當然也就依照舊法。國祥把二十多年前奚復一大夫的那張藥方找了出來，並託臺北親友拿去給奚大夫鑑定，奚大夫更動了幾樣藥，並加重分量：黃芪、生熟地、黨參、當歸、首烏等都是一些補血調氣的草藥，方子中也保留了犀牛角。幸虧洛杉磯的蒙特利公園市的中藥行這些藥都買得到。有一家叫「德成行」的老字號，是香港人開的，貨色齊全，價錢公道。那幾年，我替國祥去抓藥，進進出出，「德成行」的老闆夥計也都熟了。因爲犀牛屬於受保護的稀有動物，在美國犀牛角是禁賣的。開始「德成行」的夥計還不肯拿出來，我們懇求了半天，才從一只上鎖的小鐵匣中取出一塊犀牛角，拿來磨些粉賣給我們。但經過二十多年，國祥的病況已大不同，而且人又不在臺灣，沒能讓大夫把脈，藥方的改動，自然無從掌握。這一次，服中藥並無速效。但三年中，國祥並未停用過草藥，因爲西醫也並沒有特效治療方法，還是跟從前一樣，使用各種激素。我們跟醫生曾討論過骨髓移植的可能，但醫生認爲，五十歲以上的病人，骨髓移植風險太大，而且尋找血型完全相符的骨髓贈者，難如海底撈針。

那三年，王國祥全靠輸血維持生命，有時一個月得輸兩次。我們的心情也就跟著他血紅素的數字上下而陰晴不定。如果他的血紅素維持在九以上，我們就稍寬心，但是一旦降到六，就得準備，那個週末，又要進醫院去輸血了。國祥的保險屬於凱撒公司（Kaiser Permanente），是美國最大的醫療系統之一。凱撒在洛杉磯城中心的總部是一連串延綿數條街的龐然大物，那間醫院如同一座迷宮，進去後，轉幾個彎，就不知身在何方了。我進出那間醫院不下四、五十次，但常常闖進完全陌生的地帶，跑到放射科、耳鼻喉科去。因爲醫院每棟建築的外表都一模一樣，一整排的玻璃門窗反映著冷冷的青光。那是一座卡夫卡式超現代建築物，進到裡面，好像誤入外星。

因爲輸血可能有反應，所以大多數時間王國祥去醫院，都是由我開車接送。幸好每次輸血時間定在週末星期六，我可以在星期五課後開車下洛杉磯國祥住處，第二天清晨送他去。輸血早上八點鐘開始，五百CC輸完要到下午四、五點鐘了，因此早上六點多就要離開家。洛杉磯大得可怕，隨便到哪裡，高速公路上開一個鐘頭車是很平常的事，尤其在早上上班時間，十號公路塞車是有名的。住在洛杉磯的人，生命大部分都耗在那八爪魚似的公路網上。由於早起，我陪著王國祥輸血時，耐不住要打個盹，但無論睡去多久，一張開眼，看見的總是架子上懸掛著的那一袋血漿，殷紅的液體，一滴一滴，順著塑膠管往下流，注入國祥臂彎的靜脈裡去。那點點血漿，像時間漏斗的水滴，無窮無盡，永遠滴不完似的。但是王國祥躺在床上，卻能安安靜靜的接受那八個小時生命漿液的挹注。他兩隻手臂彎上的靜脈都因針頭插入過分頻繁而經常瘀青紅腫，但他從來也沒有過半句怨言。王國祥承受痛苦的耐力驚人，當他喊痛的時候，那必然已經不是一般人所能負荷的痛苦了。我很少看到像王國祥那般能隱忍的病人，他這種斯多葛（Stoic）式的精神是由於他超強的自尊心，不願別人看到他病中的狼狽。而且他跟我都了解到這是一場艱鉅無比的奮鬥，需要我們兩個人所有的信心、理性，以及意志力來支撐。我們絕對不能向病魔示弱，露出膽怯，我們在一起的時候，似乎一直在互相告誡：要挺住，鬆懈不得。

事實上，只要王國祥的身體狀況許可，我們也盡量設法苦中作樂，每次國祥輸完血後，精神體力馬上便恢復了許多，臉上又浮現了紅光，雖然明知這只是人爲的暫時安康，我們也要趁這一刻享受一下正常生活。開車回家經過蒙特利公園時，我們便會到平日喜愛的飯館去大吃一餐，大概在醫院裡磨了一天，要補償起來，胃口特別好。我們常去「北海漁邨」，因爲這家廣東館港味十足，一道「避風塘炒蟹」非常道地。吃了飯便去租錄影帶回去看，我一生中從來沒看過那麼多中港臺的「連續劇」，幾十集的「紅樓夢」「滿清十三皇」「嚴鳳英」，隨著那些東扯西拉的故事，一個晚上很容易打發過去。當然，王國祥也很關心世界大勢，那一陣子，東歐共產國家以及「蘇維埃社會主義聯邦共和國」土崩瓦解，我們天天看電視，看到德國人爬到東柏林牆上喝香檳慶祝，王國祥跟我都拍手喝起采來，那一刻，「再生不良性貧血」，眞的給忘得精光。

王國祥直到八八年才在艾爾蒙特（El Monte）買了一幢小樓房，屋後有一片小小的院子。搬進去不到一年，花園還來不及打點好，他就生病了。生病前，他在超市找到一對醬色皮蛋缸，上面有薑黃色二龍搶珠的浮雕，這對大皮蛋缸十分古拙有趣，國祥買回來，用電鑽鑽了洞，準備作花缸用。有一個星期天，他的精神特別好，我便開車載了他去花圃看花。我們發覺原來加州也有桂花，登時如獲至寶，買了兩棵回去移植到那對皮蛋缸中。從此，那兩棵桂花，便成了國祥病中的良伴，一直到他病重時，也沒有忘記常到後院去澆花。

王國祥重病在身，在我面前雖然他不肯露聲色，他獨處時內心的沉重與恐懼，我深能體會，因爲當我一個人靜下來時，我自己的心情便開始下沉了。我曾私下探問過他的主治醫生，醫生告訴我，國祥所患的「再生不良性貧血」，經過二十多年，雖然一度緩解。已經達到末期。他用「end stage」這個聽來十分刺耳的字眼，他沒有再說下去，我不想聽也不願意他再往下說。然而一個令人不寒而慄的問題卻像潮水般經常在我腦海裡翻來滾去：這次王國祥的病，萬一恢復不了，怎麼辦？事實上國祥的病情，常有險狀，以至於一夕數驚。有一晚，我從洛杉磯友人處赴宴回來，竟發覺國祥臥在沙發上已是半昏迷狀態，我趕緊送他上醫院，那晚我在高速公路上起碼開到每小時八十英哩以上，我開車的技術並不高明，不辨方向，但人能急中生智，平常四十多分鐘的路程，一半時間便趕到了。醫生測量出來，國祥的血糖高到八百單位（mg/dl），大概再晚一刻，他的腦細胞便要受損了。原來他長期服用激素，引發血糖升高。醫院的急診室本來就是一個生死場，凱撒的急診室比普通醫院要大幾倍，裡面的生死掙扎當然就更加劇烈，只看到醫生護士忙成一團，而病人圍困在那一間間用白幔圈成的小隔間裡，卻好像完全被遺忘掉了似的，好不容易盼到醫生來診視，可是探一下頭，人又不見了。我陪著王國祥進出那間急診室多次，每次一等就等到天亮才有正式病房。

自從王國祥生病後，我便開始到處打聽有關「再生不良性貧血」治療的訊息。我在臺灣看病的醫生是長庚醫學院的吳德朗院長，吳院長介紹我認識長庚醫院血液科的主治醫生施麗雲女士。我跟施醫生通信討教並把王國祥的病歷寄給她，與她約好，我去臺灣時，登門造訪。同時我又遍查中國大陸中醫治療這種病症的書籍雜誌。我在一本醫療雜誌上看到上海曙光中醫院血液科主任吳正翔大夫治療過這種病，大陸上稱爲「再生障礙性貧血」，簡稱「再障」。同時我又在大陸報上讀到河北省石家莊有一位中醫師治療「再障」有特效方法，並且開了一家專門醫治「再障」的診所。我發覺原來大陸上這種病例並不罕見，大陸中西醫結合治療行之有年，有的病療效還很好。於是我便決定親自往大陸走一趟，也許能夠尋訪到醫治國祥的醫生及藥方。我把想法告訴國祥，他說道：「那只好辛苦你了。」王國祥不善言辭，但他講話全部發自內心。他一生最怕麻煩別人，生病求人，實在萬不得已。

一九九〇年九月，去大陸之前，我先到臺灣，去林口長庚醫院拜訪了施麗雲醫師。施醫生告訴我她也正在治療幾個患「再生不良性貧血」的病人，治療方法與美國醫生大同小異。施醫生看了王國祥的病歷沒有多說什麼，我想她那時可能不忍告訴我，國祥的病，恐難治癒。

我攜帶了一大盒重重一疊王國祥的病歷飛往上海，由我在上海的朋友復旦大學陸士清教授陪同，到曙光醫院找到吳正翔大夫。曙光是上海最有名的中醫院，規模相當大。吳大夫不厭其詳以中醫觀點向我解說了「再障」的種種病因及治療方法。曙光醫院治療「再障」也是中西合診，一面輸血，一面服用中藥，長期調養，主要還是補血調氣。吳大夫與我討論了幾次王國祥的病況，最後開給我一個處方，要我與他經常保持電話聯絡。我聽聞浙江中醫院也有名醫，於是又去了一趟杭州，去拜訪一位輩分甚高的老中醫，老醫生的理論更玄了，藥方也比較偏。有親友生重病，才能體會得到「病急亂投醫」這句話的眞諦。當時如果有人告訴我喜馬拉雅山頂上有神醫，我也會攀爬上去乞求仙丹的。在那時，搶救王國祥的生命，對於我重於一切。

我飛到北京後的第二天，便由社科院袁良駿教授陪同，坐火車往石家莊去，當晚住歇在河北省政協招待所。那晚在招待所遇見了一位從美國去的工程師，原本也是臺灣留美學生，而且是成大畢業，他知道我為了朋友到大陸訪醫特來看我。我正納悶，這樣偏遠地區怎會有美國來客，工程師一見面便告訴了我他的故事：原來他太太年前車禍受傷，一直昏迷不醒，變成了植物人。工程師四處求醫罔效，後來打聽到石家莊有位極負盛名的氣功師，開診所用氣功治療病人。他於是辭去了高薪職位，變賣房財，將太太運到石家莊接受氣功治療。他告訴我每天有四、五位氣功師輪流替他太太灌氣，他講到他太太的手指已經能動，有了知覺，他臉上充滿希望。我深爲他感動，是多大的愛心與信念，使他破釜沉舟，千里迢迢把太太護送到偏僻的中國北方來就醫。這些年來我早已把工程師的名字給忘了，但我卻常常記起他及他的太太，不知她最後恢復知覺沒有。幾年後我自己經歷了中國氣功的神奇，讓氣功師治療好暈眩症，而且變成了氣功的忠實信徒。當初工程師一番好意，告訴我氣功治病的奧妙，我確曾動過心，想讓王國祥到大陸接受氣功治療。但國祥經常需要輸血，又容易感染疾病，實在不宜長途旅行。但這件事我始終耿耿於懷，如果當初國祥嘗試氣功，不知有沒有復元的可能。

次晨，我去參觀那家專門治療「再障」的診所，會見了主治大夫。其實那是一間極其簡陋的小醫院，有十幾個住院病人，看樣子都病得不輕。大夫很年輕，講話頗自信，臨走時，我向他買了兩大袋草藥，爲了便於攜帶，都磨成細粉。我提著兩大袋辛辣嗆鼻的藥粉，回轉北京。那已是九月下旬，天氣剛入秋，是北京氣候最佳時節。那是我頭一次到北京，自不免到故宮、明陵去走走，但因心情不對，毫無遊興。我的旅館就在王府井附近，離天安門不遠。晚上，我信步走到天安廣場去看看，那片全世界最大的廣場，竟然一片空曠，除了守衛的解放軍，行人寥寥無幾。相較於一年前「六四」時期，人山人海，民情沸騰的景象，天安門廣場有一種劫後的荒涼與肅殺。那天晚上，我的心境就像北京涼風習習的秋夜一般蕭瑟。在大陸四處求醫下來，我的結論是，中國也沒有醫治「再生不良性貧血」的特效藥。王國祥對我這次大陸之行，當然也一定抱有許多期望，我怕又會令他失望了。

回到美國後，我與王國祥商量，最後還是決定服用曙光醫院吳正翔大夫開的那張藥方，因爲藥性比較平和。百家莊醫生的兩大袋藥粉我也扛了回來，但沒有敢用。而國祥的病，卻是一天比一天沉重了。頭一年，他還支撐著去上班，但每天來回需開兩小時車程，終於體力不支，而把休斯的工作停掉。幸虧他買了殘障保險，沒有因病傾家蕩產。第二年，由於服用太多激素，觸發了糖尿病，又因長期缺血，影響到心臟，發生心律不整，逐漸行動也困難起來。

一九九二年一月，王國祥五十五歲生日，我看他那天精神還不錯，便提議到「北海漁邨」，去替他慶生。我們一路上還商談著要點些什麼菜，談到吃我們的興致又來了。「北海漁邨」的停車場上到飯館有一道二十多級的石階，國祥扶著欄杆爬上去，爬到一半，便喘息起來，大概心臟負荷不了，很難受的樣子。我趕忙過去扶著他，要他坐在石階上休息一會兒，他歇了口氣，站起來還想勉強往上爬。我知道，他不願掃興，我勸阻道：「我們不要在這裡吃飯了，回到回家去做壽麵吃。」我沒有料到，王國祥的病體已經虛弱到舉步維艱了。回到家中，我們煮了兩碗陽春麵，度過王國祥最後的一個生日。星期天傍晚，我要回返聖芭芭拉，國祥送我到門口上車，我在車中反光鏡裡，瞥見他孤立在大門前的身影，他的頭髮本來就有少年白，兩年多來，百病相纏，竟變得滿頭蕭蕭，在暮色中，分外怵目。開上高速公路後，突然一陣無法抵擋的傷痛襲擊過來，我將車子拉到公路一旁，伏在方向盤上，不禁失聲大慟。我哀痛王國祥如此勇敢堅忍，如此努力抵抗病魔咄咄相逼，最後仍然被折磨得形銷骨立。而我自己亦盡了所有力量，去回護他的病體，卻眼看著他的生命一點一滴耗盡，終至一籌莫展。我一向相信人定勝天，常常逆數而行，然而人力畢竟不敵天命，人生大限，無人能破。

夏天暑假，我搬到艾爾蒙特王國祥家去住，因爲隨時會發生危險。八月十三日黃昏，我從超市買東西回來，發覺國祥呼吸困難，我趕忙打九一一叫了救護車來，用氧氣筒急救，隨即將他扛上救護車揚長鳴笛往醫院駛去。在醫院住了兩天，星期五，國祥的精神似乎又好轉了。他進出醫院多次，這種情況已習以爲常，我以爲大概第二天，他就可以出院了。我在醫院裡陪了他一個下午，聊了些閒話，晚上八點鐘，他對我說道：「你先回去吃飯吧。」我把一份「世界日報」留給他看，說道：「明天早上我來接你。」那是我們最後一次交談。星期六一早，醫院打電話來通知，王國祥昏迷不醒，送進了加護病房。我趕到醫院，看見國祥身上已插滿了管子。他的主治醫生告訴我，不打算用電擊刺激國祥的心臟了，我點頭同意，使用電擊，病人太受罪。國祥昏迷了兩天，八月十七日星期一，我有預感恐怕他熬不過那一天。中午我到醫院餐廳匆匆用了便餐，趕緊回到加護病房守著。顯示器上，國祥的心臟愈跳愈弱，五點鐘，值班醫生進來準備，我一直看著顯示器上國祥心臟的波動，五點二十分，他的心臟終於停止。我執著國祥的手，送他走完人生最後一程。霎時間，天人兩分，死生契闊，在人間，我向王國祥告了永別。

一九五四年，四十四年前的一個夏天，我與王國祥同時匆匆趕到建中去上暑假補習班，預備考大學。我們同級不同班，互相並不認識，那天恰巧兩人都遲到，一同搶著上樓梯，跌跌撞撞，碰在一起，就那樣，我們開始結識，來往相交三十八年。王國祥天性善良，待人厚道，孝順父母，忠於朋友。他完全不懂虛僞，直言直語，我曾笑他說謊舌頭也會打結。但他講究學問，卻據理力爭，有時不免得罪人，事業上受到阻礙。王國祥有科學天才，物理方面應該有所成就，可惜他大二生過那場大病，腦力受了影響。他在休斯研究人造衛星，很有心得。本來可以更上一層樓，可是天不假年，五十五歲，走得太早。我與王國祥相知數十載，彼此守望相助，患難與共，人生道上的風風雨雨，由於兩人同心協力，總能抵禦過去，可是最後與病魔死神一搏，我們全力以赴，卻一敗塗地。

我替王國祥料理完後事回轉聖芭芭拉，夏天已過。那年聖芭芭拉大旱，市府限制用水，不准澆灑花草。幾個月沒有回家，屋前草坪早已枯死，一片焦黃。由於經常跑洛杉磯，園中缺乏照料，全體花木黯然失色，一棵棵茶花病懨懨，只剩得奄奄一息，我的家，成了廢園一座。我把國祥的骨灰護送返臺，安置在善導寺後，回到美國便著手重建家園。草木跟人一樣，受了傷須得長期調養。我花了一兩年工夫，費盡心血，才把那些茶花一一救活。退休後時間多了，我又開始到處蒐集名茶，愈種愈多，而今園中茶花成林。我把王國祥家那兩缸桂花也搬了回來，因爲長大成形，皮蛋缸已不堪負荷，我便把那兩株桂花移植到園中一角，讓它們入土爲安。冬去春來，我園中六、七十棵茶花競相開發，嬌紅嫩白，熱鬧非凡。我與王國祥從前種的那些老茶，二十多年後，已經高攀屋簷，每株盛開起來，都有上百朵。春日負暄，我坐在園中靠椅上，品茗閱報，有百花相伴，暫且貪享人間瞬息繁華。美中不足的是，抬望眼，總看見園中西隅，剩下的那兩棵義大利柏樹中間，露出一塊楞楞的空白來，缺口當中，映著湛湛青空，悠悠白雲，那是一道女媧煉石也無法彌補的天裂。

故事的背後

白先勇（一九三八～），廣西桂林人，當前臺灣最出色的小說家，他的《臺北人》，擁有廣大讀者。他的小說人物反映了一九四九年以後大陸人來臺以後的生活面貌以及內心的無奈。

這篇〈樹猶如此〉是他哀悼亡友之作，由一連串的瑣事散發難以排遣的悲情，非常動人。

小麗

黃志民

在樟山寺，他們叫牠「老狗」，意思是那一大群流浪狗，就屬牠最老；到了我們家，內人才替牠取名「小」。

看樣子，牠並不喜歡人家叫牠「老狗」。有一次，在環山道上，一對老夫婦親切的跟牠打招呼：「老狗。」牠卻是不理不睬地，只略略偏一下脖子，又自顧往前走。那神情像是在說：「誰老了！」

其實，牠眞的是很老了。初來時，帶牠去體檢，獸醫就說牠大約在十歲左右——對狗來說，那可是一大把年紀了。可牠偏就是不服老。遇到貓照追不誤，只是往往落在群狗之後；人家是四足翻飛，疾如流星，牠老人家身子一上一下地跳躍前進，顯得老態，顯得蹣跚。有一次，我在風雩樓下練拳，牠老人家照例趴在附近地面替我「護法」，突然，牠起身去追一隻黑貓；剎時，又見牠倉皇逃回，在下階梯時還跌了一跤，而那黑貓正弓背站在高處怒目而視。

不過，牠眞的是美麗。每次帶牠出門，總會有政大的女生大驚小怪地嚷嚷：「你看，好漂亮的狗狗！」「好好玩喔，狗狗臉上撲粉耶！」牠則神色自若，只有尾巴翹得更高、扇得更起勁而已。

小麗的美，不僅在體型、毛色，還更在牠的儀態。牠坐有坐相，站有站相，臥有臥姿，這且不說，走起路來，全身律動有致，簡直就像是一首完美的舞曲，一首唐詩，一闋宋詞。最讓人心醉的是那雙「靈魂之窗」。長睫毛，雙眼皮，凹凸適中的眼眶，渾圓的眼珠子似乎隨時都在深情地注視著你，讓你不忍。每次，不能帶牠出門時，我總要低聲細語地向牠解釋，摸摸牠的頭，才忍心向牠說再見。

這樣美的狗，竟然會流落在樟山寺，牠的主人怎麼狠得下心，實在讓我百思不得其解。並且，牠還應該是上過學校的有教養的狗。跟我出門，牠絕不亂跑，我走牠走，我停牠停；叫牠蹲就蹲、站就站；叫牠「握手」，牠就輸流抬起前腳，優雅地伸出來讓我握；撫摸著牠，還會咧嘴微笑哩。

有一次，在報紙上看到一則有關警犬的專文，接著又看到電視上類似的報導，我肯定小麗應該是被棄養的警犬。可是，當我興奮地拿著報紙，指著電視上和牠極爲相似的警犬，告訴牠說：「小麗，你是警犬耶！」牠趴在我腳邊的身子，動也不動，好久才張開眯著的雙眼皮，淡淡地看我一眼，好像在說：「你才知道！」又好像是說：「往事不堪回首喔！」

一回首，小麗到我們家來已七年了。當初，牠是跟著內人來到我家的。七年前，內人有一段時間清晨走登山步道上樟山寺，順手帶些食物餵寺裡流浪狗。當時，小麗就顯得與眾不同。牠並不急著去跟眾狗搶食，只靜靜地趴在附近地面，定定地望著內人。過一會兒，才緩緩起身，悠悠走向食物，這時，眾狗紛紛讓位，任牠獨享。不單如此，眾狗只認食物不認人，吃罷各自散去，獨有小麗，依舊回到原位趴下，再度凝望內人。內人下山，牠還會起身相送。最初送到步道口，再來送到半路，有一次還遠送到八角亭，甚至有登山的鄰居說：「昨天看到老狗在你們家樓下徘徊。」後來內人因腳傷，好長一段時間沒上山，據說小麗在那段時間，整天無精打采地，給牠東西也不太吃，只偶爾踱下山，又踱回樟山寺。內人說，再度上山時，小麗好像瘦了一圈，但很興奮地扇著尾巴迎接她。內人再度誠懇邀請之下，小麗終於在一個細雨霏霏的黃昏，默默地跟著內人走，一直上我們家四樓。

一開始，小麗好像還滿懷念樟山寺似的，三天兩頭就回山上，過個一兩天，又再回來，我們也任牠自由來去。後來，漸漸地留在家裡的時間長了，上山的時間短了，但眼裡還是不時流露出寂寞的眼色。我就每天下午帶牠上山。一到山上，眾狗紛紛從各個角落圍攏過來，嗅牠、舔牠。小麗傲然兀立，有時輕吠幾聲，好像在說：「孟嘗君客我！」

七年來，小麗依舊優雅美麗，可是卻更衰老了。前兩、三年，樟山寺只能走到一半，就再也無法前進，蹲在半路，任憑舌燦蓮花、百般誘勸，牠就是不動如山；一聽「下山」，可就躍身而起，一犬當先，扇著尾巴走得很快。於是，我改帶牠走環山道。爬坡處，牠顯得有些吃力，但大致還能走完全程，只是回到家後，唯終夜斜臥而已。現在，一星期能走上一回環山道就已經是很勉強了；還時常跟錯人，猛嗅別人的褲腳管，青光眼使牠視力幾近於零，只能憑感覺走路，憑嗅覺認人。還好，牠絕不在家裡大小便，每天還有二至三次必須下樓外出解放，算是牠的基本運動。可是，前幾天，我忽然發現，牠上樓梯不像從前是直線前進，而是曲線斜行，這意味牠的腳力，上樓梯眞的是很勉強了。

唉！小麗老了，眞的很老了！

故事的背後

本篇寫一隻小狗（小麗）的衰老，充滿了物我之間的深情。作者哀傷小麗的老去，實在也是哀傷自己。文學藝術之偉大就在於作者把一切事物都看成自己的親人，而不是僅僅把它看作「物」。這樣的人生，必是物我一體，人我一體……的人生；否則，物自物，我自我，人自人，兩相對立，互相傷害，哪裡讓人感到生命的甘美？

作者黃志民，曾任政治大學中文系主任，當代作家，對臺灣舊詩社有深入之研究。

天使的父親

夏曼・藍波安

「聽說，哥哥在海底。」夏曼・阿泰雁的弟弟語氣低調，眼神望著山丘、背著海，對坐在涼臺上的父親說。

夏本・阿泰雁聽了之後，左腳踩著木梯，雙手緊緊地握著木梯架，緩緩地、小心翼翼地走下來。模糊的瞳孔看著次子說：「是誰看到你哥哥在海底的？」

「是那個媽媽是部落的達悟人、爸爸是臺灣人的年輕人看到的。」

「哦！是那個年輕人。」夏本・阿泰雁說完便坐在次子的機車上。

老人的姪子聞訊後也趕到了年輕人指示的地點。老人近八旬的年歲，雙膝皆已彎曲，行動很是不便，坐在欖仁樹旁的陰涼處跟次子及姪子說：

「心平氣和地去探視，是否是你們的哥哥？」

老人從他自製的網袋掏出檳榔、石灰、老籐，三種料結合在一起，然後放進嘴裡嚼，吐了一口檳榔汁。岩礁岸被茂密的蘆葦遮住，使他看不到兩個孩子游到海裡的情形，只有動也不動的海平線是他看得到的海。

午後的陽光逐漸拉長欖仁樹的影子，陽光直接照射著老人粗糙的臉，他聽得到海輕輕拍岸的聲音，這種聲音老人已聽了七十多年。平靜的浪，秋季的陽光，年輕時「海」是他的家，此時，只有眼睛去享受，腦海去回憶那個家；然而，那個家卻是長子——夏曼．阿泰雁永遠的家。

臉被太陽照射得冒出了不豐富的汗，循著刻度深的紋溝匯流，雙手緊抱著雙膝，背靠在樹幹，表情猶如寧靜的海面。上層雲動也不動地貼在天空上，不多時，海平線上的雲朵呈現淡淡的紅色，色澤如同老人血紅的眼球。老人的頭宛如被樹幹固定似的不動，海裡的浮游生物漂東忽漂西，浮上忽下沉，老人的臉溢滿了汗與淚，唯心跳如平時般跳動。

人踩著石頭走路，使石頭碰撞的聲音逐漸清晰，他的心跳慢慢加速，預示親生兒子的死亡已是事實，次子、姪子出現在他眼前，多了一具不會再說：「爸爸，好。」的肉體。孩子們把夏曼·阿泰雁的屍體安放在老人的面前，他緩緩地彎身跪在地上，把長子的水鏡取下，睜開凸起的眼珠好像在說些什麼似的。老人把右手掌貼在兒子失去視覺的雙眼，說：「是我，兒子，祝福你心地善良在地底下。」

兒子的眼睛終於閉了，是永遠的。老人脫下被長期燻黑的外套，覆蓋在兒子的頭部，然後回坐在他原先坐的地方。次子與姪子將取下的水鏡、取掉鉛帶、蛙鞋，還有他自製的魚槍放在一塊，上面覆蓋一些乾燥的草。

夏本·阿泰雁再次地起身，把兒子尚未完全僵硬的雙手慢慢折曲地貼在臉部，雙腳同樣的動作貼近腹部，姿態與嬰兒從母體出生時完全相同。在此同時，老人一直唸著說：

「孩子呀，叫你少喝酒，你就是不聽，你叫我和你媽媽往後如何生活呢？多少次跟你說，喝酒的時候，不要潛水射魚嘛，在此地的野外，你媽媽怎麼來看你一眼呢？……」

火，燃燒了兒子所有的泳具，燃燒了老人對兒子所有祝福，灰燼留下的是，老人對紅標米酒不能磨滅的恨。陽光射在海平線後的淡紅雲彩。赤紅的火焰和著夕陽的餘暉默默燃盡夏曼．阿泰雁的潛水泳具。赤紅的魚槍鐵杵煞似刺入夏本．阿泰雁的心房。

老人細心地看著鐵杵由赤紅到炭黑。淚水溢出循著很深的紋溝滴落在兒子鹹鹹的髮絲，他哽咽地說：「安心吧，你地底下的祖父會照顧你的。」

說完，老人又從網袋裡掏出一包新樂園菸、一瓶紅標米酒、一個千輝打火機安放在兒子躺下的土地旁。最後，老人用粗糙的手掌拭去臉上的淚水和汗水，緩緩地起身跟隨著兒子的靈魂往部落的墓地走。他慢慢地走。彎曲的膝蓋，脫下外套的身子，在夕陽完全沉入海裡後的傍晚，不知道他的腦海在想什麼？

長子走了。他很後悔，非常地後悔，他回想三十年前的事。如果當時允諾神父帶兒子去臺灣唸書的話，兒子也許不會成爲「酒鬼」，不會是臺灣公賣局忠實的顧客，不會爲了買酒和孫子的母親吵個不停，不會被部落的族人瞧不起；如果當時神父強逼他領洗成爲天主教徒的話，上帝的祝福也許比較多，好多的「也許」在腦海裡震盪；如果當時，我沒有造船強留兒子在身旁，強灌兒子達悟文化的優美，海洋的美麗，成爲海的「孩子」的話，也許……，也許不會有這樣的「結局」。然而「也許」的想法，僅僅是掩飾他的難過，送給兒子靈魂的話。

夏本．阿泰雁用小刀砍了蘆葦的嫩莖，在其身子的周圍畫來畫去，且說：「所有的，不是我親戚的魔鬼，遠離我們，否則蘆葦的芒刺刺入你們身上的話，會讓你們痛苦……」

「我命令你們遠離我的兒子。」

「我地底下的爸爸，祈求您的力量，保護您的孫子……」

彎曲的膝蓋，左右搖晃的身子伴著兒子走完最後的旅程。他鑽進部落墓場裡。他不停地輕聲細語的說話，說著兒子昨日以前留在人間時的故事，讓兒子的靈魂帶走所有在人間時的回憶，全部帶走就不會變成孤魂。

夏本．阿泰雁雙手挖了沙土安放在兒子的胸膛，說：「祝福，願你心地善良。」

老人回到了家，天空的眼睛彷彿沒有祝福他。灶裡的乾柴燒盡了，他重新添加乾柴，這是兒子夏曼．阿泰雁前幾天爲他們砍的柴。火漸漸燃起赤紅的光，他坐在臥病多日的太太旁，火光飄閃在無力說話的婦人臉上，眼淚已經乾了，眼睛累了，嘴角在蠕動，老人輕輕把口貼在婦人的耳朵，說：「我們的孫子的……父親，我們的……兒子，走了。」

婦人伸手握著老人的手，勉勉強強的點頭，火越來越旺，天越來越黑，婦人問老人說：「兒子走了嗎？」

「嗯……」夏本．阿泰雁說。

他的太太不停地咳嗽，咳的力氣很小。他於是用右手掌輕拍太太的背。咳一次就拍一次，問她說：「這樣有沒有好一點？」她側躺點頭。過了一會兒，夏本．阿泰雁在爐灶上加些乾柴，並撕了兩三張孫子們過時的教課書，紙張揉成長形的，在赤紅的餘炭上吹了幾下，火很快地旺了起來。

太太依然不停地咳，他不停地拍。她說，她想要看火，夏本．阿泰雁於是坐在地上面對著爐灶改用左手拍。此時，他第一次感覺到太太的背宛如自己快要腐爛的船板似的脆弱。左手貼在她的背上，火的光照在太太枯瘦的臉頰，表情呆癡如木偶。夏本・阿泰雁想著，傍晚剛送走孫子的父親，自己的長子，傷痛的心如海平線一樣不減退，反而……，他看著火光，淚水順著臉上的紋溝不疾不徐地流下。風咻咻地吹，吹進木造的柴房，飄進秋季的涼意。回頭看著太太，火光忽弱忽強，太太的睡姿宛如嬰兒側身曲膝的安詳樣，這樣的安詳象徵夕陽落海時的溫柔，對她是否有明日的朝陽呢？

夏本・阿泰雁問太太說：「我去舀一壺水來煮，好嗎？」

太太點頭表示好並說：「把門打開讓月光照進來。」

夏本・阿泰雁折曲的膝蓋很困難地走路，在深夜的月光，部落的人皆已入屋睡覺的時刻顯得分外地沉重、淒涼。海，不得不看的海，在眼前，在他走過的歲月是沒有改變過的。雖然有月亮的晚上的海是如此純美，也是他不曾否定過的，但這個時候，海奪走了孩子壯年的生命，內心仍滴著傷痛的淚，再好的景色，再美的月空也掃除不了其內心的痛，加上咳個不停的太太……，此刻，唯有烏雲明白他的心聲。

手掌舀些水在臉上揉一揉，洗洗臉，讓自己清醒清醒。

「我的祖先，請你們保佑我的太太，上帝，如果祢眞的存在的話，也請祢加長她的呼吸。」夏本・阿泰雁看著天空的眼睛輕聲柔語地祈求道。

往家裡的上坡路段，折曲的雙膝走起來格外的艱辛，手提著一壺水是給太太燒開水治療咳嗽的藥。風，從山頭吹下來，感覺涼意充分，月光照在山脊，角鴞發出不祥的聲音，似是兩隻的相互對應，一方較長，一方較短，牠們已經叫了一個晚上。

「我知道，你們高興我兒子的死，高興我太太在生病，你們這些惡靈，我詛咒你們不得好死！」角鴞的聲音非常地困擾著他的思維。

「眞令人憂心，角鴞已叫了一夜。」夏本・阿泰雁溫柔地跟太太說。

「嗯，有啥辦法呢！」婦人蠕動嘴角地說。

「妳還好嗎？」男人問。

「心口很痛，角鴞的叫聲更痛在耳朵。」

「有啥辦法。怎麼封住那些惡靈的嘴呢？」

夏本．阿泰雁再添些乾柴在灶上，把鍋子換成水壺。火漸漸地旺了起來，婦人依舊側躺地看火。

「在海平線有很多外來的船在休息，如此美的夜，但願孫子的父親走得平安。」男人看著火說。

「我很想出去看天空。」婦人央求地說。

他幫她起身，骨的關節喀喀地響，婦人坐了下來吐出一口很長很長的氣，並用手抹去眼角乾掉的淚及復溢出的淚。她一直看火，火彷彿給她人間溫暖似的。

「討厭的角鴞聲。」她說。

「走吧，去外面。」男人說。

婦人右手抓起床邊的竹子當拐杖，左手插在腰間，男人扶著她無法伸直的身軀走出屋外。婦人試著挺直腰，挺著胸，但根本無法挺直，只是腳彎曲地看天。

「好痛，我的心口。」她說。

「不一定要看頭上的天啊！」男人說。

「我們去水芋田旁那兒休息。」她說。

邊走她邊咳，夏本．阿泰雁邊拍其背。每咳幾回就要休息很長的時間，大約走四、五步路，等呼吸順時再移動腳步走。夫妻兩人走著，一個行動不便，一個病魔纏身，角鴞聲傳來一道又一道令他們寒悚的音。

「但願世上沒有惡魔。」婦人邊咳邊說著。

「別管角鴞聲，」

「但願我耳聾。」接著又說。

「人，為何要生病呢？自己選擇自己死亡的時間該有多好啊！」

「別胡思亂想，走吧！」

月亮正圓，照著他們的路很清楚。走在豬走的小路（喪家走的路）比嬰兒爬著移動還慢。

「慢慢走，呼吸才會順。」夏本．阿泰雁溫柔地說。

在水芋田邊，婦人在可以觸摸水的地方找一塊乾淨的石頭，有個可讓背靠的石牆坐了下來。

「我回家去拿開水和溫地瓜給你吃，好嗎？」婦人點點頭。

夜色非常地美，天空的雲被風吹得一乾二淨，她靠在石牆觀賞天宇，回憶往事：由於夏天的太陽會咬人，在襁褓中的嬰兒餵飽睡熟後，她經常在有月亮的晚上勤勞地在水芋田工作，挖些早上吃的芋頭。當她聽到孩子的哭聲時，便飛奔回家，邊餵乳孩子邊煮芋頭，並哼著歌給孩子聽，部落的少婦皆是如此……。想到此，臉上擠出淡淡的笑容，也是生病以來唯一的幸福滿足的笑容，雖然長子剛去世不到幾天。至少已克盡母職。

母愛的笑容被月光襯托著，有股難以形容的幸福，回憶淹沒了現實逝去兒子的心痛，也暫忘了肉體的痛苦，回憶是她現在的醫生。

「天使的女兒賜妳笑容嗎？」她的先生問。

「不是，是回憶我們的往事的緣故。」她說。

婦人把溫溫的地瓜分成兩半，她吃著後半截，前半截放在一邊表示分給剛去世的兒子，且說：「這是你的食物，你吃飽相等於媽媽吃飽；別忘了，在海底感到很冷的時候要游上岸給太陽溫暖你，媽媽很快就會去照顧你的，這是你的食物。」

夏本・阿泰雁仰望天空的眼睛，他的眼睛卻由不得他看清晰，淚水悄悄地落了下來。沉默讓他們飄入回憶往事的時空，是唯一紓解心痛的方法。一明一暗的波紋在月光下似是兒子一睜一閉的眼睛，男人說：「火的光比較溫暖，可以減少妳的咳嗽，我們回家吧！」

婦人滿面淚水地說：「我們的水芋田就是我們的生命，也是我靈魂居住的地方，別讓雜草占據她，好嗎？」

「嗯，妳的話會帶著我的腳的，我會讓她很乾淨。」

月亮已經休息了，夜色變得很暗，柴房的火光隱隱約約地照在婦人側面的臉，她依舊不停地咳，夏本・阿泰雁不停地在其背輕拍，她說：「孫子的祖父，別拍了。我先走，別難過，孫子的祖父。」

男人輕輕揩去臉上的汗，說：「我會照料我們的水芋田，妳放心。」

婦人走了，離長子去世的時間不到一個月。夏本．阿泰雁依傳統的方法把太太睡姿整理成嬰兒出生時的模樣，說：「天神就在妳身邊。」

次子揹著母親，姪兒隨後，夏本．阿泰雁看著豬走的路，口中唸些祝福的禱詞。不變的浪濤聲始終伴著他踉蹌扭曲的身子兩度穿梭墓地。此刻，他感到他的肉體也會很快地來這兒休息，而且也像嬰兒出生時的模樣。不占有太大的土地。浪濤聲是最美的音樂，伴著太太入土長眠，咳嗽聲也已歇止。

故事的背後

夏曼．藍波安（一九七五～），漢名施努來，為達悟（雅美）族作家。淡江大學法文系畢業。他的作品大多以蘭嶼為背景，讓人見出原住民淳樸之真情。本篇寫他遭遇種種苦難的父親，一種無告的、對世界的不知如何訴說的坦然，讓人產生另一種感動。

國家圖書館出版品預行編目資料

總是無法忘卻／尉天驄等編選.
-- 初版. -- 臺北市：圓神，2005〔民94〕
面； 公分. --（圓神文叢；16）
ISBN 986-133-053-4（平裝）

855 94000450

The Eurasian Publishing Group
圓神出版事業機構
用心與你對話・視野無限寬廣
圓神出版社
Eurasian Press

http://www.booklife.com.tw inquiries@mail.eurasian.com.tw

圓神文叢 016

總是無法忘卻

編　　選／尉天驄・章成崧・尤石川・劉柏宏
發 行 人／簡志忠
出 版 者／圓神出版社有限公司
地　　址／台北市南京東路四段50號6樓之1
電　　話／（02）2579-6600・2579-8800・2570-3939
傳　　真／（02）2579-0338・2577-3220・2570-3636
郵撥帳號／18598712 圓神出版社有限公司
登 記 證／行政院新聞局局版北市業字第1462號
企　　劃／張之傑
副總編輯／陳秋月
主　　編／林慈敏
責任編輯／楊東庭
美術編輯／陳正弦
印務統籌／林永潔
監　　印／高榮祥
校　　對／尉天驄・謝晴・楊東庭
排　　版／陳采淇
經 銷 商／叩應有限公司
法律顧問／圓神出版事業機構法律顧問 蕭雄淋律師
印　　刷／祥峰印刷廠
2005 年 3月 初版

定價 210 元 ISBN 986-133-053-4

請貼郵票

圓神出版事業機構 收

105 台北市南京東路四段50號6樓之一
Tel：02-25796600 Fax：02-25790338

對折黏貼後，即可直接郵寄

圓神 20 歲 禮多人不怪

您買書，我送愛之旅，一年 100 名！

圓神 20 歲，我們懷著歡喜與感激。即日起，您每個月都有機會免費搭乘世界級的「皇家加勒比海國際遊輪」浪漫海上愛之旅！

我們提供「一人得獎兩人同遊」·「每月四名八人同遊」·「一年送 100 名」的遊輪之旅，希望您和所愛的人一起分享親情、友情、愛情，共度驚嘆、美好的時光……圓夢大禮，即將出航！

圓夢路線：

❶購買圓神出版事業機構（包括圓神、方智、先覺、究竟、如何）任何一家出版社於 2005 年 3 月～ 2006 年 2 月期間出版的任一新書。

❷填妥您的基本資料，貼上郵資，投遞郵筒。您可以月月重複參加抽獎，中獎機會大！

❸活動期間每月 25 日，將由主辦單位公開抽出四名超幸運讀者！這四名幸運讀者可帶一位親友免費同行；一人中獎，兩人同遊！

❹活動期間每月 5 日，將於圓神書活網公布四名幸運中獎名單。

注意事項

❶中獎人不能折現。

❷中獎人出遊時間選擇（2005 年、2006 年各一次），其正確出發日期與行程安排，請依皇家加勒比海國際遊輪公司之公告。

❸免費部分指「海皇號四夜遊輪住宿行程」。

❹「海皇號四夜遊輪」之起點終點都在美國洛杉磯，台北－洛杉磯往返機票、遊輪小費、碼頭稅等相關費用，請自行付費。

主辦：圓神出版事業機構　贊助：皇家加勒比海國際遊輪 www.royalcaribbean.com

活動期間：2005 年 3 月起～2006 年 2 月底

參加 圓神20全年禮 抽獎／讀者回函

姓名：　　　　　　　　　　電話：

通訊地址：

常用 email ：

一定可以聯絡到的電話：

這次買的書是：

服務專線： 0800-212-629 、 0800-212-630 轉讀者服務部